En Italia con amor

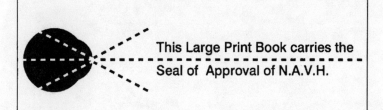

This Large Print Book carries the
Seal of Approval of N.A.V.H.

En Italia con amor

Sara Wood

Thorndike Press • Waterville, Maine

Título original: The Italian Count's Command

Todos derechos reservados.

Todos los personajes de este libro son ficticios. Cualquier parecido con alguna persona, viva o muerta, es pura coincidencia.

Published in 2005 by arrangement with Harlequin Books S.A.
Publicado en 2005 en cooperación con Harlequin Books S.A.

Thorndike Press® Large Print Spanish.
Thorndike Press® La Impresión grande española.

The tree indicium is a trademark of Thorndike Press.
El símbolo del árbol es una marca registrada de Thorndike Press.

The text of this Large Print edition is unabridged.
El texto de ésta edición de La Impresión Grande está inabreviado.

Other aspects of the book may vary from the original edition.
Otros aspectros de éste libro podrían variar de la edición original.

Set in 16 pt. Plantin.
Impreso en 16 pt. Plantin.

Printed in the United States on permanent paper.
Impreso en los Estados Unidos en papel permanente.

Library of Congress Cataloging-in-Publication Data

Wood, Sara.
   [The Italian count's command. Spanish.]
   En italia con amor / by Sara Wood.
      p. cm. — (Thorndike Press large print Spanish)
   ISBN 0-7862-7998-2 (lg. print : hc : alk. paper)
   1. Italy — Fiction. 2. Large type books. I. Title.
II. Thorndike Press large print Spanish series.
PR6073.O6146I8618 2005
823´.914—dc22   2005016844

En Italia con amor

Capítulo uno

MALAS noticias. Será mejor que te prepares —extrañamente, su hermano pareció comprensivo y preocupado.

Los dedos de Dante apretaron más el teléfono móvil. —¿Para qué? —su corazón se aceleró, temiendo lo peor.

—Lo siento, Dante. Me temo que tengo pruebas de que tu esposa te engaña —Guido hizo una pausa, pero Dante estaba en estado de shock como para responder—. Estoy en tu casa ahora. Ella está arriba. Borracha... y... Bueno, no lleva nada de ropa. Hay pruebas concretas de que ha estado con un amante.

Su hermano siguió hablando, pero Dante ya no lo estaba escuchando. Se había sumergido en un mundo de horror que lentamente se iba transformando en furia, hasta hervirle su sangre italiana.

Entonces, era cierto. Todo ese tiempo se lo había pasado defendiendo a su esposa, con la que llevaba casado cuatro años, frente a su hermano, insistiendo en que ella no se había casado con él por su cuenta bancaria, y que lo amaba, a pesar de su fría reserva. Al parecer, se había equivocado. Se había dejado encandilar por su belleza y su pudor.

«¿Pudor?», se rió cínicamente para sí. Tal vez hasta eso había sido falso. La reserva de Miranda había desaparecido de manera espectacular siempre que habían hecho el amor. Sintió un fuego en el vientre al pensar que jamás había experimentado un placer semejante. Miranda era sensacional en la cama.

Respiró profundamente, y la tristeza se expandió por todo su ser al pensar que tal vez ella tuviera mucha práctica en el arte de dar placer a un hombre.

—¿Dónde está Carlo? —preguntó, rogando por que su hijo estuviera con la niñera, a salvo, en algún parque inglés.

—Aquí, en la casa —contestó Guido, para horror de Dante—. Gritando como un loco. No soy capaz de calmarlo.

Dante sintió el estómago revuelto, y juró en italiano. Una rabia impotente comenzó a nublarle el entendimiento y empezó a imaginar planes de venganza que perturbaban su claridad mental y su habitual equilibrio. Impresionado por lo que le estaba sucediendo, intentó deshacerse de su sed de venganza y trató de agarrarse a su cordura.

Apenas podía respirar, pero pudo gruñir:

—Estoy en un taxi, no lejos de mi casa.

Estaré allí en diez minutos o menos.

—¿Diez minutos? ¿Qué? —exclamó Guido—. P… Pero… ¡No es posible! ¿No llegabas a Gatwick dentro de dos horas?

—He venido en un vuelo por la mañana temprano. ¡Santo cielo!, ¿qué importa eso ahora? —protestó Dante.

Guido pareció intranquilo por algo, pero Dante ya tenía demasiadas cosas de qué preocuparse. Abrumado por su rabia, apagó el móvil, y le dijo al taxista que se diera prisa.

Miranda estaba sacudiéndose de un lado a otro. Alguien la estaba zarandeando. Le dolía la cabeza al moverse. Intentó librarse de su atacante, pero sus brazos no le respondieron.

Gruñó. Alguien le había metido la cabeza en una cacerola y la había hervido. La sentía hinchada por dentro, volviéndola loca. Pero al menos por fin habían terminado los gritos. Habían parecido los chillidos de un niño…

—Miranda… ¡Miranda!

Alguien le agarró el brazo mientras el sonido de una voz retumbaba en el caos de su cerebro. Debía de estar enferma. Era eso. Una gripe.

—Ayudadme —balbuceó ella con la lengua entumecida.

Y se encontró con que la alzaban. Asustada, se dio cuenta de que no podía hacer nada porque sus miembros se habían paralizado. De pronto sintió un suelo frío, de cerámica, de lo que debía de ser la ducha.

—¡Abre los ojos! —gritó una furiosa voz.

No podía hacerlo. Los tenía pegados. ¡Oh, Dios! ¿Qué le estaba sucediendo? Sintió que se le revolvía el estómago, y de pronto se sintió mareada.

Oyó palabras. Amargas palabras que no comprendió. Su cerebro no podía procesarlas.

—¡Aaah! —gritó cuando sintió el agua fría en la cara. Y siguió sintiéndola despiadadamente en su cuerpo hasta que finalmente pudo abrir los ojos—. ¡Dante! —al verlo sintió un cierto alivio y dejó escapar un gemido. Todo iría bien ahora que había llegado él.

La cara de Dante estaba encima de la suya, y la fiebre parecía distorsionarla hasta dibujar en ella unas facciones amenazantes. Presa del pánico, se agarró al borde de la ducha.

—Yo... —murmuró débilmente.

—¡Estás borracha, zorra! —gritó Dante, disgustado, y se marchó.

Impresionada por su reacción, se quedó en cuclillas en la ducha, incapaz de comprender aquella pesadilla. Era eso, se dijo, una pesadilla. Tenía fiebre y aquélla era una alucinación. Si cerraba los ojos, tal vez se despertara sintiéndose mejor...

Dante apretó los labios mientras examinaba la habitación detalladamente. Las sábanas estaban revueltas.

Había dos botellas de champán, dos copas. La ropa de Miranda se hallaba desparramada por todo el dormitorio. Dante tragó saliva. En el suelo había un par de calzoncillos. Y no eran suyos.

Allí estaba la prueba definitiva. Sintió que le temblaban las manos cuando aceptó una copa de coñac que le ofreció Guido.

—Te lo he estado advirtiendo desde hace tiempo —le dijo su hermano.

—Lo sé —dijo Dante prácticamente en un suspiro.

El shock que suponía la infidelidad de Miranda le había quitado toda la fuerza, todo su orgullo y seguridad. ¡Qué tonto había sido!

Se bebió el coñac de un trago y se volvió hacia su hijo, que estaba gritando como un loco cuando había llegado. Había acudido a su lado primero, por supuesto. Le había llevado varios minutos calmar a Carlo. Finalmente, su hijo se había dormido, totalmente agotado. Hasta entonces no había ido a ver en qué estado se encontraba Miranda, porque ella ya no era importante para él. No significaba nada para él.

La habría matado por abandonar a su hijo mientras se divertía con su amante. Y eso, decidió, no volvería a suceder.

Hizo las maletas. Turbado, aceptó el ofrecimiento de Guido de echar un ojo a Miranda mientras se recuperaba. Lleno de dolor, alzó en brazos a su hijo dormido y salió de la vida de Miranda para siempre.

Capítulo dos

YA ESTÁ! —dijo Miranda.
A pesar de sus dedos temblorosos,
logró meter la llave en la cerradura de
su casa de Knightsbridge y quitó la alarma.
Le costaba respirar, y se preguntó por
cuánto tiempo podría agarrarse a aquella
aparente normalidad. Su cerebro parecía
estar bloqueado, rebobinando una y otra vez
la misma película hasta que explotaba de
desesperación.

A pesar de los esfuerzos que había hecho
en las pasadas dos semanas, había fracasa-
do en su intento de rastrear a su hijo, o al
desgraciado de su marido, que se lo había
llevado. Sentía impulsos de dar patadas a
todo, pero antes debía hacer algo.

Puso la maleta en el suelo con violencia,
y dejó caer la bolsa de viaje de su menudo
hombro. Luego atravesó el vestíbulo hacia
el teléfono. Tenía la sensación de que sus
piernas no le pertenecían. Era increíble que
le obedecieran.

—Se terminó. ¡Voy a llamar a la policía!
—dijo a su hermana y agarró el teléfono.

—¡No! —Lizzie pareció preocupada. Luego notó la mirada de asombro de Miranda y balbuceó incoherentemente—: Quiero decir... Bueno, es mejor que esto no se haga público, ¿no? ¡Piensa en el daño que le haríamos a Dante si lo acusamos de secuestro! Los Severini perderían su buen nombre...

—¿Y qué me importa?

No podía creer que su hermana sacara a relucir a toda la familia Severini. No había un solo miembro honorable en ella.

Una rabia silenciosa rugió en su interior al imaginar la cara de su cruel esposo. Inmediatamente se dio cuenta de que también le producía un gran dolor recordarlo.

Miró el teléfono, como poseída. Quería volver a tener al Dante Severini de antes. Al hombre sensual y adorable que la había seducido, cortejado y desposado en un mes. No a ese monstruo que la había tratado tan miserablemente y le había quitado a su hijo. Reprimió un sollozo y se dio cuenta de que estaba demasiado angustiada como para hablar.

Con mano temblorosa, volvió a colgar el teléfono, intentando controlarse. Porque sabía que, si daba rienda suelta a sus verdaderos sentimientos, hubiera roto todo el contenido de su casa. Y luego se habría hundido en la autocompasión.

Sólo su fuerza de voluntad mantenía su cuerpo erecto y rígido. Estaba increíblemente cansada, pero no podía dejarse llevar por lo que le parecía una debilidad. Nunca lo había hecho ni lo haría.

—Debo llamar a las autoridades. Llevo catorce días volando por ahí, intentando encontrar a Dante. Y ya estoy harta de los Severini y de su nombre.

—Es la política de la empresa...

—¡Les dije que era su esposa! ¡Les mostré mi pasaporte!

—Habían recibido instrucciones de Dante de que había una impostora...

—¿Cómo se atreve a hacerme eso? —exclamó Miranda—. ¡Jamás me han humillado tanto en mi vida! ¡Hacerme echar del edificio por los hombres de seguridad!

Recordó el terrible muro de silencio que había encontrado en el personal de las oficinas de la empresa de Dante en las mayores capitales de Europa, y se dijo que le había declarado la guerra.

—Quiero a mi hijo. Y... —tragó saliva—. Él estará necesitándome.

Se dio la vuelta impulsivamente, como para llamar por teléfono, pero tratando de disimular las lágrimas que asomaban a sus ojos.

Lo que sentía por su hijo era algo muy

visceral, no podía describirse con palabras. Su niño no comprendería por qué ella ya no estaba allí, por qué no lo arropaba en la cama, por qué no lo acurrucaba, por qué no jugaba con él.

—¡Oh, Dios mío! —susurró.

Le desgarraba pensar cómo se sentiría su hijo. Pero no podía ponerse a llorar. Debía mantener la calma y estar alerta. De ninguna manera podía rendirse a la tristeza y al temor que revolvía su estómago, que la mantenía despierta durante la noche.

Dejó escapar un gemido. ¡Ni niño ni marido! ¡Las dos pasiones de su vida hasta entonces!

En ese momento sonó el teléfono y la sobresaltó de tal modo que lo agarró desesperadamente.

—¿Sí? Habla Miranda...

Hubo un ruido al otro lado y luego el silencio. Lo que le dio la oportunidad de recobrar la compostura y volver a decir:

—Soy Miranda Severini. ¿Quién es? —intentó mantener la frialdad.

—Dante.

«¡Dante!», pensó ella. El murmullo de su voz fue tan impactante, que Miranda se agarró a la mesa donde estaba el teléfono.

De pronto su corazón se agitó con esperanza, pero no quiso darle el gusto a Dante de que la oyera suplicar por su niño. Porque sabía que se pondría a gritar histéricamente o se hundiría en el silencio de las lágrimas. Y no quería que él la viera hundida.

Con un supremo esfuerzo, se mantuvo callada. Con el corazón en un puño, esperó a que él continuase.

—¿Miranda? ¡*Dica*! ¡Habla!

El tono de voz de Dante hizo que a su mente acudiesen imágenes de los días felices de su amor. Sintió una punzada de dolor.

Luego apretó los dientes y se recordó lo que le había revelado Guido aquella terrible noche en que ella había tenido fiebre. Su cuñado le había servido café y le había llevado mantas para que pudiera acurrucarse en el sofá.

Ella se había dado cuenta de que Dante se había marchado con Carlo, pero no había comprendido el motivo. Todo había sido tan confuso… La comprensión de Guido con su situación había hecho que él le hiciera aquella confesión.

Le había dicho que Dante se había casado con ella para poder recibir la herencia familiar. Al parecer, había tenido un hijo para recibir el favor de su tío sin descendencia. En el momento en que el tío de Dante había muerto y había tenido la posibilidad de recibir la herencia, se había marchado con Carlo, había sido demasiado cobarde

17

para enfrentarse a ella.

Frunció el ceño. Le faltaban algunas piezas del rompecabezas de ese día. No comprendía por qué su cama estaba revuelta, aunque suponía que debía de haberse retorcido y dado mil vueltas durante su estado febril. Tampoco comprendía por qué había dos botellas vacías de champán en el cubo de la basura. Ni quién había guardado dos copas en un armario equivocado.

—¡Miranda! —Dante la devolvió a la realidad por el auricular.

—¿Sí? ¿Tienes algo que decirme? —le preguntó ella, como si Dante fuese un amigo que tuviera que disculparse por un comentario grosero, y no el hombre que había traicionado su confianza y su amor.

«¡Amor!», repitió mentalmente. Él se había transformado en su enemigo. Un desalmado que le había dicho por email que no vería más a Carlo. Y que no conseguiría un céntimo de su dinero. ¡Pero que podría mantenerse trabajando de prostituta! ¿De dónde había sacado eso? También la había acusado de estar borracha. ¿Estaba intentando conseguir motivos para un divorcio?

Hubo un silencio. Pero Miranda podía oír su respiración. Dante estaba jugando con ella deliberadamente. ¡Debía de saber lo desesperada que estaba!

Miranda intentó controlar su rabia. De pronto vio su imagen en el espejo. Y al mirarse descubrió a una mujer que no tenía nada que ver con la que llevaba en su interior.

En apariencia era una rubia fría, impecablemente arreglada a pesar de que acababa de llegar de un tedioso viaje a las oficinas de Dante en Francia, España y Milán. Todavía conservaba el moño, y su traje de color hueso estaba impecable.

Sólo que ella podía ver, a pesar del perfecto maquillaje, que había señales de ojos cansados y dolidos debajo, y que su piel dorada ya no reflejaba la luz, sino que parecía tan muerta como se sentía ella en lo más profundo de su corazón.

Pero Dante no se enteraría de nada de eso. No sabría cuánto daño le había hecho.

Además, Carlo necesitaba que ella fuera fuerte. Y por él, por su adorado hijo, se mordería la lengua hasta que le sangrase.

—Dante —dijo—. Tengo que hacer una llamada. Di lo que sea...

Dante sintió el golpe.

—Disculpa si te llamo a una hora inoportuna —dijo sarcásticamente—. Sé que mi hijo no te importa nada. Y que cuidar de él para ti es un engorro. Pero no obstante, creía que te apetecería saber cómo está, o preguntarlo al menos, como un gesto social...

Miranda tuvo que contenerse para no gritarle. Para no rogar que le dijera si la echaba de menos, para no

implorarle que le dijera dónde estaba su hijo...

Pero se abstuvo.

Ella había trabajado como secretaria suya en el Reino Unido hacía cuatro años, antes de casarse con él. Y sabía bien que él poseía una obstinación y una energía insuperable para lograr sus objetivos.

Ella no había sabido entonces que necesitaba una esposa para heredar a su tío. Se ruborizaba sólo de recordar su proposición de matrimonio.

Desde la muerte de su tío, Dante se había transformado en un hombre poderoso, que conseguía todo lo que quería... Y lograría la custodia de su hijo, si se lo proponía. Se estremeció al pensarlo.

Su tío había dirigido el imperio familiar de la seda desde Milán. Desde allí suministraba la seda a todas las casas de moda del mundo. Y ella nunca había pensadoque sobre Dante recaería el gobierno de aquel reino. Él nunca se lo había dicho. Pero, claro, ella nunca había contado en sus planes. Así que era lógico.

Era una pesadilla toda la situación. Salvo que jugase la última carta que le quedaba: que amenazara con deshonrar a los Severini.

Al volver de su viaje había decidido desenmascararlo públicamente y decir al mundo lo despiadado y manipulador que era. Que había sido capaz de secuestrar a un niño de tres años por orgullo y ambición, y alejarlo de los brazos de su madre, de su cariño.

¡Oh, Dios! ¡Carlo estaría tan aturdido! ¿Cómo se había atrevido Dante a utilizarla como si fuera una yegua para tener a su hijo y quitárselo luego?

—Dante —lo interrumpió—. ¿Has llamado para esto? ¿Para descargar tu rencor contra mí? ¿Para convencerte de que yo soy culpable de tus actos? Si es así, voy a colgar...

—¡No!

Miranda sintió cierta satisfacción por aquel «no» desesperado. Dante necesitaba algo. Ojalá que fuera a ella. Tal vez hubiera decidido devolverle al niño y tener hijos con otra mujer, ahora que había recibido la herencia de su tío.

Sintió náuseas al pensar eso último. En el fondo, lo seguía amando. Era imposible apagar una pasión como aquélla de la noche a la mañana.

Pero al menos había logrado no demostrar sus sentimientos, y eso a él parecía haberlo desconcertado. Así era como se trataba a los chulos como Dante.

Miranda se puso una mano en el corazón. No quería hacerse demasiadas ilusiones.

—¿Y? —le dijo Miranda.

—*Che Dio mi aiuti!* ¡Eres una mujer fría! ¡Un verdadero monstruo!

Miranda tuvo que abstenerse de gritar. Él la había transformado en una reina de hielo, gracias a su indiferencia con ella durante el último año.

Dante carraspeó y luego agregó:

—Debes venir a Italia. Es indispensable que lo hagas —hizo una pausa—. Te he enviado un billete por correo. El vuelo es mañana. Mi chófer te irá a recoger. Estoy en la finca de mi tío.

«¡Oh, gracias! ¡Gracias!», gritó mentalmente Miranda. Seguramente habría descubierto que cuidar de Carlo en un ambiente desconocido era más difícil de lo que había supuesto. ¡Dios! ¡Cuánto le habría costado a Dante tragarse su orgullo!

Pero Carlo volvería con ella. Eso era lo importante. Volvería a tenerlo en sus brazos. A salvo. ¡Al día siguiente!

No pudo más, y dejó caer el auricular, sin siquiera responder a su marido. Y estalló en lágrimas.

Lizzie se sorprendió. Jamás la había visto

llorar. Ni siquiera siete años atrás, cuando había muerto su madre. Miranda tenía entonces dieciocho años y Lizzie, doce. Y desde que su padre las había abandonado a las tres, antes de la muerte de su madre, Miranda se había convertido en el sostén de la familia, y luego en sustituta de su madre.

Dante había sido la primera persona que había llegado al corazón de Miranda. El primer hombre que la había hecho florecer y había iluminado sus ojos de ilusión. Pero Dante era muy atractivo. Hasta Lizzie lo admitía, mucho más carismático que su hermano menor, Guido, quien dirigía la oficina de Londres.

Lizzie se mordió el labio inferior con sentimiento de culpa. Temía lo que pudiera decir Miranda si se enteraba de que estaba saliendo con el desenfrenado Guido. Pero ella tenía una vida también, ¿no? La familia Severini era rica, y ella también quería ser parte de la misma. Le daba miedo la situación actual, en que Miranda había quedado al margen de la familia, sin ninguna aportación económica y con la perspectiva de quedarse sin casa también.

Lizzie se estremeció al recordar los tiempos de su infancia en que no habían tenido un céntimo. Desde que Miranda se había casado, se había acostumbrado a vivir en una casa estupenda cerca de Knightsbridge, y a cargar todos sus gastos en la cuenta de Dante.

Así que, ahora que el puesto de Miranda peligraba, tenía que ser ella quien ocupase su lugar. Si Dante no volvía a estar con Miranda, sería ella quien consiguiera un Severini, para seguir llevando la vida de lujo que tanto le gustaba.

—¡Mira esto, Miranda! ¡Es increíble! —exclamó Lizzie.

Miranda se estaba arrepintiendo de haber aceptado que su hermana viajara con ella. Porque se había pasado todo el viaje tratando de convencerla de que se reconciliara con Dante. Y además, no había ocultado su envidia por una mansión como aquélla a orillas del Lago Como.

Miranda se encontró con la mirada del chófer en el espejo retrovisor del coche. Incómoda, la desvió. Luego se dio cuenta de que el coche había parado frente a unos imponentes portones. Se puso tensa. Debían de haber llegado.

Sintió un nudo en el estómago, y se olvidó de la molesta adoración de Lizzie por aquella riqueza. En pocos segundos, Carlo iría corriendo hacia ella. Apenas podía respirar ante la idea.

—¡Miranda, esto sí que es tener dinero! —exclamó Lizzie—. ¿No podéis arreglar las cosas? ¡Oh, por favor! ¡Mira lo que te estás perdiendo...!

—¡Ya te lo he dicho, Lizzie! —Miranda frunció el ceño con impaciencia—. Estoy aquí por una sola razón: quitar a Carlo de los brazos del cerdo con el que me he casado. ¡Te juro que removería el cielo y la tierra si fuera necesario para llevarme a mi hijo a Inglaterra!

—¡No tienes arreglo! Vale... Pero al menos, consigue un buen acuerdo de divorcio —le aconsejó Lizzie—. Quítale todo lo que puedas.

Los portones de hierro forjado se abrieron electrónicamente. Miranda se excitó, y sonrió ante la idea de ver pronto a su niño.

Notó que el chófer la miraba con gesto contrariado, y se preguntó qué le habría dicho Dante sobre ella a sus empleados.

—¿Es ésta la casa de Dante Severini? —preguntó Miranda.

El hombre no respondió inmediatamente. Pero luego dijo:

—Sí.

No había dicho «Sí, señora», la respuesta de cortesía más adecuada.

El coche se metió por un camino. Aquélla era la finca que Dante había heredado, junto con los negocios. Era imponente. Unos jardines de estilo inglés e italiano rodeaban la carretera, con azaleas, palmeras, y otros árboles más comunes. Estaban dispuestos en terrazas, entre estatuas.

Y ella jamás había sabido de su existencia.

—¡Dios mío! ¡Mi cuñado se ha transformado en un millonario! —exclamó Lizzie cuando la casa apareció ante ellos.

El chófer hizo una mueca de disgusto al escucharla.

—¡Lizzie! —protestó Miranda.

—¿Qué? Yo sólo digo la verdad —se defendió su hermana—.Olvídate del divorcio, Miranda. Ésta es tu oportunidad. Juega bien las cartas, como te he dicho.Vuelve a meterte en su cama, y verás que la vida es maravillosa.

Miranda no la estaba escuchando. Estaba más interesada en observar la casa, de cuatro plantas, un edificio de color ocre, bonito y a la vez imponente. Un palacio del siglo dieciocho, adecuado para un príncipe. O para un hombre muy ambicioso.

Era la casa más bonita que había visto en su vida. A pesar de su grandeza, conservaba un aire cálido y entrañable, como si los siglos de amor y cuidado le hubieran dado una personalidad dulce.

Hasta Lizzie se había callado cuando habían llegado a la amplia escalera de piedra de la entrada de la casa.

Ahora comprendía por qué Dante había planeado todo aquello. El precio había valido la pena. Dante no podía perderse aquello. Aunque hubiera tenido que engañar a una mujer que sabía que estaba locamente enamorada de él. ¿Por qué no casarse con esa pobre tonta y hacerla feliz por un rato, antes de dejarla tirada?

Miranda bajó del coche con el corazón encogido. Le temblaban las piernas.

Vio la figura de Dante emerger de la imponente casa e intentó controlarse. Detrás de ella, se bajó Lizzie, tambaleándose un poco, hablando por su teléfono móvil con algún amigo.

Miranda sintió que se le caía el alma a los pies al ver que sólo Dante había aparecido. Carlo debía de estar durmiendo la siesta. Miranda sonrió al imaginárselo.

Y aún sonriendo alzó la vista hacia el hombre que la estaba observando. Una chispa eléctrica saltó entre ellos en la distancia. El impacto de verlo era el mismo que el que había sentido la primera vez que lo había visto: un profundo sentimiento de pertenencia, de destino compartido, y una cálida y abrumadora alegría.

Miranda suspiró, pensando que aquellos

sentimientos sólo habían sido por su parte.

Y ahora que lo veía se daba cuenta de lo que había habido detrás de todo aquello. Aquel traje de seda de color crema tan aristocrático, su camisa a medida, y esos zapatos de piel caros eran la muestra de mucha riqueza. Montones de dinero. Y estirpe.

Ella había ignorado todo aquello.

Cuando habían vivido en Londres su estilo de vida había sido cómodo, pero no excesivamente lujoso. Ahora ella sabía que él y su familia pertenecían a otra clase social, a la de los millonarios.

De pronto sintió que Dante se había transformado en un extraño.

El chófer se acercó a Dante y habló con él rápidamente y con muchos gestos. Miranda se sintió incómoda al recordar los comentarios de Lizzie. Dante achicó los ojos, con gesto de desconfianza, y Miranda se puso roja de vergüenza.

—¡ Y tú que creías que Carlo te estaría esperando! —se quejó Lizzie—. A no ser que Dante te esté dando una lección y hayamos venido inútilmente.

Miranda sintió miedo. ¿La había llevado allí para vengarse?

—Estará dormido…. —dijo, poco convencida.

Esperó a que Dante se acercase a ella.

Dante despidió al chófer y empezó a bajar las escaleras con sus largas piernas.

—Miranda... —Dante hizo una burlona inclinación de cabeza. No la besó. No le dio la mano—. Hola, Elizabeth —murmuró a su hermana—. Quizás os apetezca dar una vuelta por la mansión. Estáis en vuestra casa. Podéis beber champán y comer pastas en el salón, siempre que os apetezca —sonrió burlonamente.

—¡Estupenda! —dijo Lizzie, aún hablando por el móvil.

Dante observó a su hermana con una sonrisa de desprecio.

Aquella boca que la había llenado de besos, pensó Miranda.

Cerró los ojos. No quería recordarlos.

Dante se volvió hacia Miranda, y la miró de arriba abajo, deslizando su mirada por el traje azul a juego con los ojos de ella.

—Estás más delgada —dijo Dante.

—Mi aspecto no es asunto tuyo. He estado ocupada, naturalmente, corriendo de un lado a otro...

En realidad, no había podido probar un solo bocado. Le daba asco la comida.

—Tienes razón. Tu frenética vida en Inglaterra no me concierne ya, afortunadamente. Nos han servido el té en mi despacho. Sígueme.

Dante empezó a subir las escaleras otra vez y ella lo siguió.

—¿No tienes nada que decirme? —preguntó Dante.

—No.

—Es lo que yo pensaba. Pero eso sólo me demuestra una cosa.

—¿Qué?

—Que cuando estabas conmigo sólo fingías querer a Carlo.

—¿Cómo diablos has llegado a esa conclusión? —preguntó ella, indignada.

—Llevas separada de él dos semanas. Y no te has molestado en preguntar dónde está —contestó él con amargo desprecio.

—No he querido gastar energía inútilmente. Me he imaginado que me lo dirías cuando te pareciera.

—¡Qué bien me conoces, Miranda! —le hizo señas para que entrasen en el edificio.

No lo conocía nada, pensó ella. La había engañado. No volvería a confiar en él.

—Dime una sola cosa, de lo contrario, no tiene sentido que continuemos con esto. ¿Voy a ver a mi hijo pronto?

—¡Oh, sí! Te lo aseguro. Por favor, entra. Hablaremos dentro.

Al parecer, sus temores eran infundados, y pronto tendría a su hijo en sus brazos. Hasta entonces, se reprimiría la alegría y el llanto. Pero cuando lo viera, daría rienda suelta a sus sentimientos. No podía creerlo. La pesadilla casi había terminado.

Capítulo tres

DE PRONTO, Miranda se sintió terriblemente cansada. Era como si hubiera perdido la energía que había tenido que tener para soportar toda aquella situación, y se hubiera desinflado.

Siguió a Dante hasta el estudio. Él estaba más apuesto que nunca. Con aquel cabello negro y esa tez bronceada... Esos anchos hombros...

¡Cuánto sentía haber perdido aquellas explosiones de amor erótico! ¡Cuánto echaba de menos la intimidad con él, su compañía! ¡Su compañerismo!

Suspiró. Pero había sido un matrimonio de conveniencia. El problema era que ella no lo había sabido. —Bienvenida a mi casa —dijo él, como invitándola a hacer algún comentario.

Ella miró alrededor.

El palacio, porque eso era lo que era, ya no le pareció acogedor, sino frío en su grandeza.

En la oscuridad del vestíbulo brillaban el oro y los espejos. Cuando atravesaron el suelo de mármol sus pasos resonaron como un entrometido eco.

Los ascendientes de Dante los miraban desde los cuadros con marcos dorados.

Para un hombre ambicioso debía de haber sido imposible no rendirse ante aquel lujo. ¡La pena había sido que ella se había dejado atrapar en su aparente dulzura! Guido le había explicado que su hermano sabía que ella se había enamorado de él. Dante había aprovechado la oportunidad de casarse rápidamente antes de que su tío, muy enfermo, cumpliese su amenaza de dejar todas sus riquezas a otro pariente más lejano, si no se casaba. No era de extrañar que hubiera estado tan pendiente de la salud de su tío, Amadeo Severini.

—¿Qué te parece la casa? ¿Es de tu gusto? —preguntó Dante.

—No creo que te interese mi opinión —contestó fríamente.

—Me interesa saber lo que piensas.

—Muy grande para un hombre solo —dijo ella, distraídamente.

—Estoy de acuerdo. Es por ello que Amadeo no vivía aquí y sólo la usaba para recibir gente.

—¿Y tú vivirás aquí? —se le escapó a ella.

—Exacto.

Miranda sintió temor de que, si la casa le parecía grande para él solo, pensara vivir con Carlo en ella. Luego pensó que tal vez planeara llevarse a su madre a vivir con él, o a Guido.

—Siempre tuve la impresión de que la residencia principal de Amadeo era el ático de Milán —observó ella—. No me dijiste que también tenía un palacio.

Había una pregunta implícita: ¿Por qué?

Dante la miró.

—Tenía mis razones.

—¿Cuáles?

Él dudó un momento, luego dijo:

—Yo tenía esperanzas de que te casaras conmigo por mí mismo, no por los beneficios materiales que pudiera darte.

O sea que quería que lo amasen. Quería a una persona que estuviera tan enamorada de él que pudiera hacer lo que le diera la gana con ella y que no le hiciera perder el control de la situación. ¡Le hubiera pegado!

—Te equivocaste —dijo ella.

Se había equivocado al casarse por conveniencia con ella. Había estado mal que la utilizara.

—Eso he descubierto —dijo él fríamente. Luego agregó—: Hablando de casas, también debería decirte que voy a vender mi casa de Knightsbridge. Viviré aquí en el futuro.

—Me parece bien.

—No sé si te das cuenta de lo que significa. Cuando se venda la casa de Knightsbridge,

no tendrás dónde vivir —agregó él, seguramente pensando que ella se horrorizaría.

Así que ella no lo hizo.

—No esperaba menos de ti —contestó
Miranda.

Al margen de una suma modesta por la
manutención de Carlo, no esperaba nada
de él. Quería preservar su independencia, y
su dignidad, contrariamente a los deseos de
Lizzie.

—Mis abogados harán lo posible por que
no recibas nada en el acuerdo de divorcio.
Tú puedes mantenerte.

—Sí, siempre puedo trabajar de prostituta
—dijo ella sarcásticamente, recordándole su
correo electrónico. Y sintió cierta satisfacción al ver que se ponía rígido, y reprimía la
rabia.

Llegaron a una puerta. Ella la miró y
dijo:

—¿Está Carlo aquí?

—No. Es mi estudio. Entra.

Miranda sintió una gran decepción. Al
parecer, tenía que esperar a que Carlo se
despertase. Y no podía hacer nada para que
se diera prisa. Bueno, esperaría lo que hiciera falta.

Dante abrió la puerta y se hizo a un lado
caballerosamente para que ella entrase. Pero
sus modales eran sólo superficiales. Ningún

caballero se habría comportado tan mal.

—¡Oh, es increíble! —susurró Miranda, impresionada.

Sus ojos estaban fijos en las puertas de cristal abiertas al otro lado de la habitación, desde donde se veía la más hermosa vista que jamás había contemplado. Atravesó la habitación enmoquetada y fue hacia el balcón, como en sueños.

Cuando se apoyó en la barandilla del balcón se quemó y retiró rápidamente las manos.

—Debí advertírtelo. El sol es muy fuerte aquí —musitó Dante.

Caminó hacia Miranda, tomó sus manos y les dio la vuelta para observar las palmas.

Ella se sintió embriagada por su perfume y la fragancia que llegaba del jardín. La cercanía de Dante era como un afrodisíaco para ella.

—No es nada... —dijo Miranda con voz sensual—. ¡Estoy bien! —lo miró.

Dante se sorprendió de su protesta y la soltó.

—No te has hecho daño, entonces.

—Necesitaría más que eso para que me hiriesen —dijo ella sarcásticamente.

—Sí. Tienes una piel dura.

—Yo diría más bien la determinación de ser dura —respondió.

Y se concentró en las vistas. Además, tenía que tomarse un momento de relax antes de emprender el camino de regreso a casa con Carlo.

Era un paisaje maravilloso, sin duda.

—¿Qué te parece el Lago Como? —preguntó Dante.

—Jamás había visto nada igual. Es impresionante —respondió ella.

—Es sobrecogedor.

—Debe de ser estupendo despertarse viendo estas vistas. ¿Cuánto tiempo llevas aquí?

—Una semana —después de que ella inclinase la cabeza en señal de respuesta, Dante agregó—: Irresistible.

—¿Qué?

Él frunció el ceño y aclaró:

—El paisaje. ¿No creerás que me he referido a ti, no?

—¡En absoluto!

—Para mí, este lugar es más hermoso que todos los cuadros de las paredes, que todas las antigüedades que hay en la casa. Es simplemente la perfección de la naturaleza.

No comprendía por qué le hablaba tan extraordinariamente de la casa. ¿Para darle envidia? ¿O para… forzarla a admitir que Carlo estaría mejor allí?

Ciertamente, Dante parecía encantado

con su herencia.

Miranda miró las casas de tejados ocre del pequeño pueblo que había al pie de las colinas. Eran montañas altas. Los Alpes, supuestamente. Algo salvaje y sereno. Una extraordinaria combinación que llegaba a su corazón.

A su lado, Dante se movió casi imperceptiblemente. Ella sintió su calor y detectó el leve perfume a vainilla de su loción para después de afeitar. Y se mareó un poco, a causa de aquel perfume o del cansancio, no sabía exactamente.

—Debes de estar fascinado con lo que te han dejado —dijo ella deliberadamente.

Él la observó.

—Lo estoy —admitió—. Huele el aire...

—Sí. ¿Qué es ese perfume tan maravilloso?

—Viene de la pérgola.

—Es muy intenso —ella se sentía envuelta en una atmósfera peligrosa.

—Sí, es por el calor. No corre una gota de aire.... Y tiene un clima un poco cambiante.

Miranda estaba desesperada. A pesar de saber lo que se proponía Dante con todo aquello, no podía evitar sentirse atraída por él, por aquel rostro que parecía esculpido en oro.

De pronto, Miranda se dio cuenta de algo: Dante amaba aquella casa más de lo que la había amado a ella. Esperaba que fuera muy feliz con su herencia. Ella prefería el amor de su hijo.

—Hubo una fuerte tormenta el día que vinimos. Descubrí que el lago puede ser peligroso. Como una mujer tempestuosa —la miró fijamente—. El agua no es tan serena como parece en la superficie. Se volvió turbulenta y salvaje. Y excitante al mismo tiempo.

Algo se agitó en el interior de Miranda. ¿Qué estaba haciendo él?

A menudo le había hablado de la pasión que ella albergaba en su interior, bajo su apariencia fría. Miranda intentó controlar el repentino deseo sexual que se le despertó.

No era de extrañar que aún pensara en él sexualmente. Habían estado muy bien juntos. Sorprendentemente desinhibidos. Habían hecho el amor en cualquier lugar, en cualquier momento. No se habían cansado nunca el uno del otro.

Guido se lo había dejado muy claro:

—Cualquier hombre aprovecharía la oportunidad de practicar el sexo. Da igual cómo sea la mujer. Y Dante es el hombre más sexual que conozco.

¿Había sido sólo sexo? ¿Había necesitado de aquellas situaciones eróticas tan poco usuales para poder hacerle el amor? Se estremeció al pensarlo. Sería muy humillante. Tal vez toda la gente se comportase como ellos. Al fin y al cabo, ella no tenía otra experiencia para compararla. A los veintiún años había hecho el amor por primera vez, con Dante, y no conocía nada más. Con él había descubierto un placer increíble, y había roto su imagen de mujer fría.

La primera vez que habían hecho el amor había sido todo un descubrimiento de placer, algo tan abrumador que los había dejado perplejos a ambos. Con el tiempo, su relación sexual había mejorado. Para ella, claro, pensó Miranda.

Todavía lo deseaba desesperadamente. Había sido un error dejar volar sus recuerdos...

—Pocas cosas son lo que muestran en su superficie.

Hasta que no muerdes una manzana, no descubres que está podrida por dentro —respondió Miranda.

—Es verdad. Aunque este paisaje es casi perfecto. Tal vez sea por ello que no puedo resistirme a él —dijo cínicamente—. Jamás será manchado por nadie —dejó escapar un profundo suspiro.

Miranda iba a pedirle ver a Carlo, pero él

siguió hablando:

—Mis antepasados hicieron bien en construir este palacio aquí hace trescientos años. Mis amigos me tienen envidia. Dicen que cualquier persona aprovecharía la oportunidad de vivir aquí.

Miranda achicó los ojos. Dante parecía estar disculpándose por lo que había hecho para conseguir la casa.

—Es muy bonito.

—Los Severini siempre han tenido buen ojo para la belleza.

Ella notó que la estaba mirando a ella y no al paisaje. Pero no se dio la vuelta para confirmarlo. No se atrevía.

Debía solucionar aquella situación, llevarse a Carlo. Volver a casa. No podía aguantar aquel juego.

—Todos lo tenemos. La diferencia es que ellos creen que pueden comprar cualquier cosa bonita que quieran —contestó ella.

Él pareció molesto por su respuesta.

—Hasta la belleza se vende —dijo Dante.

¿Se refería a ella?

—¿Tú reduces todo a eso? Casas, cuadros, coches, mujeres… ¡Son todos trofeos para ti! Me pregunto cuánta gente habría escogido una casa inanimada en lugar de a alguien de carne y hueso.

Los ojos de Dante se oscurecieron de ira.

—Si la casa es perfecta y en cambio la carne y el hueso se han podrido como tu manzana, no creo que nadie dudase en la elección —respondió él.

Ella se encogió al sentir lo que él estaba dando a entender. Él pensaba que ella había estado borracha aquella noche. Y eso le había dado la excusa para dejarla. Aquélla podía ser su última oportunidad de aclarárselo. Antes de que lo dejase para siempre, Dante tenía que creerla. Ella nunca había soportado las injusticias.

Algún día Dante visitaría a Carlo en Inglaterra. Dante no debía decirle mentiras a su hijo mancillando el nombre de su madre.

Enfadada, miró en su dirección y dijo:

—La gente ve lo que quiere ver. Tú has sacado conclusiones equivocadas. Yo estaba enferma, no borracha. ¿Jamás admites un error, Dante?

—Jamás he cometido uno, aparte de haberme casado contigo.

Tan enfático. Tan seguro. Ella se estremeció. De repente deseó llevarse a Carlo a su casa. Necesitaba alejar a su hijo de aquel monstruo.

—Has cometido un error. Y estoy decidida a que sepas la verdad algún día. Pero ya está bien de todo esto. Te exijo ver…

—¡No estás en posición de exigir nada!

—Creo que sí. Tú me necesitas. No me has traído aquí para hablar de la habilidad de los Severini para descubrir el lugar más hermoso del mundo. ¿Qué quieres exactamente?

—Tu cooperación. Ven dentro.

Por fin iba a decirle lo que quería, pensó Miranda. Iba a tener que tragarse su orgullo y admitir que no podía criar a su hijo sin ella.

Entraron.

Miranda se sentó en una silla con reposabrazos. No pudo evitar repiquetear los dedos, nerviosa.

Además, tenía que hacer un gran esfuerzo por controlar su reacción ante la expresión sensual de Dante.

—¿Quieres té?

—Sí, gracias.

Miranda se cruzó de piernas. Notó que él las observaba. Y volvió a sentir deseo. ¿Cómo era posible que sintiera atracción por alguien a quien despreciaba tanto? Se trataba de una mala jugada de la memoria, solamente.

—Carlo… —dijo ella para que él se decidiera a hablar.

—Sí, Carlo. Dante sirvió el té tranquilamente, como si tuvieran todo el tiempo del mundo. Ella lo observó, con actitud distante.

—¿Y? —preguntó ella.

—Primero, tengo que decirte que Carlo…
—Dante miró los dedos de Miranda, apretados en un puño.

—¡Habla de una vez por todas! —ella no pudo aguantar más.

—Te pido disculpas. Tu tiempo es oro. Se me ha olvidado decirte que Carlo no está aquí. Miranda sintió que se desintegraba. Reprimió un sollozo. Alzó la barbilla y exclamó con rabia:

—¡Desgraciado! ¿Esto es una venganza?

—No. No soy tan vengativo. Cuando lo vio agarrar la taza, ella se dio cuenta de que le temblaban las manos. Entonces, sintió miedo.

—¡Dios Santo! ¿Qué le ha pasado a Carlo?

—¿Tienes miedo de perder el instrumento con el que tienes acceso al chollo? —dijo él.

—¿Está bien Carlo? —preguntó ella, pálida.

—Está bien. Sólo quería que hablásemos de esto
—Dante la miró con un brillo sensual en los ojos. Los fijó en su boca—. No sabía cuánto tiempo nos llevaría negociar.

«Negociar», pensó ella. Ahora se sentía otra vez pisando la tierra. Tendrían que acordar los días de visita. —Llevará una semana, si sigues con rodeos.

—Muy inglesa —dijo él con una mueca de disgusto en los labios—. Muy directa.

—Ve al grano —insistió ella.Él asintió.

—*Allora*... Ésta es la situación —se echó hacia atrás en la silla—. Tengo que explicarte por qué te he pedido que vinieras aquí.

Ella se puso tensa. Aquello no sonaba bien.

—Hazlo.

Dante se tomó su tiempo para continuar. Luego dijo:

—Al principio, Carlo estaba excitado por el viaje en avión y por lo bien que nos lo pasamos en el apartamento de mi tío en Milán, donde estuvimos inicialmente. Le di toda mi atención y eso le encantó.

—Sí.

Miranda se reprimió el decirle que habría sido toda una novedad para su hijo que sólo le prestase atención a él. Pero sospechaba que su sarcasmo no la llevaría a ninguna parte.

—Entonces, cuando el palacio estuvo listo, vinimos aquí —Dante sonrió débilmente, recordando momentos felices—. Le encantó su habitación de juegos y sus nuevos juguetes, y los viajes en ferry por el lago... — Dante hizo una pausa. Al parecer, había descubierto que él no era suficiente para su hijo de tres años.

—¿Y entonces?

Dante pareció sombrío. Miranda sintió pena, muy a su pesar.

—Aunque me pese, todos los entretenimientos y mi cariño no fueron capaces de reemplazar el amor que siente por ti —dijo Dante en voz baja. Luego tomó aliento.

Miranda sintió un gran alivio y dijo:

—No me sorprende.

—A mí, sí. A pesar de lo mala madre que eres, Carlo te echa de menos claramente.

Ella contuvo un sollozo. «¡Pobrecillo!», pensó. Era la primera vez que se separaba de su madre. Debía de haberlo pasado fatal.

—¡Por supuesto que me echa de menos! ¿Cómo puedes hacerle daño? ¡Debiste saber que pasaría esto!

—¡Pero no lo sabía! Creí que echaría de menos a su niñera, ¡puesto que tú lo abandonabas a su cuidado!

—¡No es cierto…!

—Es lo que me han dicho…

—¿Quién? —Alguien cercano a ti.

—¿La niñera, Susan?

Él agitó la cabeza.

—Otra persona —dijo—. Sé que Carlo apenas te veía.

—¡Eso es mentira! —exclamó ella.

—No lo creo. Yo he sido el único que le he dado tiempo y cariño…

—¡Es ridículo! Apenas has estado en casa durante estos últimos meses.

—¡Son exageraciones! —contestó él—. Es cierto que he ido a ver a mi tío con frecuencia, por su estado de salud...

—¡Y su dinero! —exclamó ella.

—No obstante, cuando estaba en casa —Dante ignoró su comentario y continuó—: Carlo tenía toda mi atención. Era evidente que le faltaba cariño. Se aferraba a mí. No quería que me marchase...

—¡Porque se sentía inseguro de ti! Nunca sabía cuándo te irías y cuándo vendrías...

—¡Él me quiere! ¡Y tú lo sabes!

—Sí —contestó ella—. Pero él es muy importante para mí...

—¿Porque puedes utilizarlo?

—¿Cómo? —preguntó ella, sorprendida.

—Tiene una utilidad —dijo él fríamente—. Sabes que quiero que él...

—¡Oh, el heredero de los Severini! —exclamó ella.

—¡Es mi hijo! ¡Por eso lo quiero! —exclamó Dante. Ella supo entonces que le presentaría batalla.

—Sé que tú lo ves como un mero objeto de cambio, para conseguir dinero, y vengarte de que no te doy más dinero...

—Que te quede claro: No veo a Carlo como un medio para vengarme o para conseguir dinero. Él es mi hijo y lo quiero. Estoy aquí para llevármelo a casa porque me necesita. Aunque esa persona mentirosa te haya dicho lo contrario, yo me dedico a Carlo por completo. ¡Tú mismo lo has visto, Dante! ¿Estás ciego?

—No eres particularmente demostrativa.

—¿Me estás comparando con las madres italianas? —preguntó Miranda—. Tú sabes cómo soy. No soy efusiva, jamás lo he sido. Intento no malcriarlo. Pero lo abrazo y lo beso, y pienso en su bienestar todo el tiempo. No permitiré que digas que no quiero a mi hijo, cuando es evidente que lo hago. ¡Lo adoro! ¡Soy su madre!

—Nunca me lamentaré lo suficiente. Y me resulta inexplicable que no haya dejado de preguntar por ti ni un solo día —dijo él

Dante tuvo que desviar la vista, como si no pudiera soportar mirarla.

—¡Pobrecillo! —exclamó ella, pensando en el trauma que habría sufrido Carlo—. ¡Debió de pasarlo muy mal cuando te lo llevaste!

—No puedo dejarlo contigo después de lo que he visto…

—¿Te refieres a que supuestamente estaba borracha?

—Si eso fuera todo… Eres una golfa, Miranda. Has estado con un hombre en nuestra cama, bebiendo champán con él. Y por el estado en el que te encontré, podrías haber estado tomando drogas también. Mientras nuestro hijo estaba allí, totalmente descuidado.

—¡Nada de eso es cierto! —gritó ella horrorizada—. ¿Cómo puedes decir eso?

Dante tenía expresión de dolor.

—Es que lo vi con mis propios ojos. Estabas totalmente atontada. Y la prueba de que habías estado bebiendo y de que fuiste infiel estaba ahí, a la vista de todos...

—¡Es mentira! Si eso es lo que quieres hacer ver...

Dante se dio la vuelta. Tenía expresión de ferocidad. Estaba que explotaba de rabia.

—¿Hacer ver? —gritó él—. Yo no me he imaginado que vuelvo de viaje de Milán y que te encuentro en estado casi de coma, con las sábanas revueltas y empapadas en champán, y mi hijo abandonado y gritando como un loco en su habitación. Estabas drogada y borracha. Y por las marcas de tu cuerpo, claramente habías tenido sexo con un... cerdo.

—¡No! ¡Es una vil mentira! —cuando recordaba aquella noche, todo le parecía una pesadilla—. ¡De una cosa estoy segura! —gritó ella con pasión—. ¡Nunca te he sido infiel! ¡Te lo he dicho una y otra vez! Estaba con gripe...

—Pero no tenías fiebre. Lo comprobé —dijo él.

—¡No me importa! Ésa es la única explicación...

—No. Lamentablemente, no lo es.

—¡Estaba con gripe! —insistió ella vehementemente.

—¿Y el champán la cura? —le respondió él—. ¿Con dos copas?

Miranda se llevó la mano a la frente. Sentía náuseas, como aquel día. Cada vez que se iba a dormir, se despertaba sudando, con terribles pesadillas en las que parecía vivir la fantasía de Dante de que había tenido sexo aquella noche. Alguien tosco y descontrolado le arrancaba la ropa y se abalanzaba sobre ella en la cama.

Era cierto que había tenido heridas la mañana siguiente. ¿Habría sido Dante? ¿Se habría vengado?

—¡Oh, Dios! —suspiró Miranda.

De pronto le sacudieron los hombros, y volvió al presente: Dante estaba frente a ella, mirándola con desprecio.

Debía convencerlo de que era inocente. Debía averiguar qué había hecho él. Luego cerraría el capítulo para siempre.

—No sé qué sucedió. Pero te juro... —se defendió Miranda.

—Jura todo lo que quieras. Una cosa está clara. Hasta el día de hoy no tienes ni idea de qué estabas haciendo —dijo Dante, disgustado—. ¿Crees que eso te exculpa de todo? ¡Podrías haberte acostado con todo un equipo de fútbol esa noche, que no te habrías enterado! Estabas demasiado borracha y drogada para tener alguna idea de lo que estaba sucediendo —explotó él.

—¡No es cierto! ¡Nada de eso es cierto!

—¡Sí! ¡Yo estuve allí! Te vi, ¿no te acuerdas?

Dante la miró de un modo que pareció estar a punto de decir algo importante.

—¿Qué? ¿De qué se trata? —preguntó ella, temblorosa.

—Me imagino que comprenderás que, en estas circunstancias, no puedo confiar en ti para que cuides de Carlo, ¿verdad?

Ella se quedó petrificada. Buscó el rostro de Dante porque no podía creer lo que estaba escuchando.

—Tú... ¿Quieres decir...? —tomó un sorbo de té para poder hablar—. ¿Se trata de eso...? ¿Es ésa la razón por la que me has traído aquí? ¿Para decirme que... Yo...? ¿Que no puedo llevarme a Carlo a casa conmigo?

—Exactamente —respondió Dante.

Capítulo cuatro

ERES un ser despreciable! —gritó ella. Se abalanzó contra él—. Me has traído aquí para darme esperanzas, y no has hecho más que jugar conmigo... ¡Cuando desde el principio sabías que no me ibas a dejar a Carlo! ¡Te odio! ¡Te desprecio! ¡Él me necesita, Dante! ¡Lo sabes! ¡Mi niño me necesita y yo lo necesito a él! ¡Tú me has prometido que lo vería! ¡Lo has prometido!

Dante le agarró las manos y se las echó hacia la espalda.

—¡Lo sé! —respondió él—. ¿O sea que eso es lo que te pone tan frenética? ¿Que no puedas utilizar a Carlo para sacarme dinero?

—¡No quiero tu dinero! ¡No me interesa tu riqueza! ¡Lo único que me interesa es Carlo! ¡Castígame todo lo que quieras! ¡Pero no castigues a un niño de tres años!

Miranda se le echó encima, histérica. Estaban a milímetros de distancia.

—¡Escúchame! ¡No pienso dejar que Carlo viva un día más de angustia! ¿Cómo te atreves a decir que yo le haría daño? ¿Por qué crees que me he tragado mi orgullo y te he traído aquí? Yo no quería volver a verte. Cada vez que me acuerdo de lo que hiciste, me dan náuseas, y me avergüenzo de que hayas manchado el nombre de los Severini. Me gustaría no volver a verte... ¡Eres una mujer sin corazón que se casó sólo por interés material!

—¿Qué? ¡Eso es mentira! —gritó ella, sorprendida.

—E incluso ahora intentas sacar el máximo provecho de esta situación. ¿Intentas «hacer una buena jugada»? —dijo Dante, imitando a Lizzie—. ¡Te equivocas! Me advirtieron desde el principio acerca de ti y la motivación de tus actos.

—¿Quién? —preguntó ella, indignada.

—Da igual. Pero no eres lo que aparentas, eso lo sé. Hasta serías capaz de volver a planear meterte en mi cama. Y, si eso falla, te llevas a Carlo y consigues un buen acuerdo de divorcio... ¿No?

—¡Estás loco! ¿De dónde sacas esas ideas?

—¡De la boca de Lizzie!

Miranda se quedó helada. El chófer le había contado los comentarios de Lizzie.

—¡Dante! Yo...

—¡Escúchame! —gritó él—. Ésta es una medida desesperada de mi parte, ¿no lo comprendes? ¡Arriesgo todo haciendo esto!

¡Tú eres una bala perdida! ¡Quién sabe qué daño serías capaz de hacer a mi hijo! Pero tengo que asumir el riesgo porque él te echa de menos.

Ella pestañeó. No comprendía.

—¿Qué riesgo? Si no me voy a llevar a Carlo, entonces, ¿por qué diablos me has traído aquí? ¡Esto es una pesadilla! —lo miró, aturdida—. ¡No te entiendo!

—Ni yo a ti —respondió él—. Presta atención. Ésta es mi propuesta.

—¿Esperas que me acueste contigo? —preguntó ella, presa del pánico.

Dante pareció encogerse, como si la idea le hubiera causado repulsión.

—Has sido muy rápida en sugerir eso. ¿Es que crees que eso podría llevarnos a estar juntos otra vez?

—¡No! —exclamó ella.

Pero sus ojos no podían ocultar su deseo.

—Puedes olvidarte de esa idea. Yo no me rebajaría a eso. Soy más exigente. Jamás he comprendido a los hombres que se acuestan con prostitutas.

—Estás hablando de la madre de tu hijo —susurró Miranda, impresionada por sus palabras.

—¡Y bien que lamento que lo seas! —respondió él, arreglándose la corbata—. Aunque tu apariencia de reina de hielo sugiera lo contrario, sé cuánto te gusta el sexo. Lo sé por propia experiencia. Y la explosión que acabas de tener, no hace más que confirmar que te riges por pasiones incontrolables...

—¡Me estás negando a mi hijo! ¡Cualquier mujer se moriría de dolor!

—¡Déjate de teatro! No me lo creo. El problema es, Miranda, que no me has escuchado todo lo que tenía que decirte. Has estado dispuesta a condenarme enseguida. Y has sacado las conclusiones equivocadas. Es evidente que tengo en cuenta el bienestar de Carlo en primer lugar.

—Sólo a tu manera, retorcida, por cierto —contestó ella.

—Haré como que no has dicho nada. Lamentablemente, en lo concerniente a mi hijo, tendré que tomarte en consideración.

Ella lo miró. ¿Qué idea maquiavélica se le habría ocurrido, si él pensaba incluirla a ella?

Miranda se puso un mechón de cabello detrás de la oreja.

—Si ya has terminado con tu peinado, te diré algo.

—Dilo ya.

—Siéntate —le dijo, como si se dirigiera a un perro desobediente.

Ella se quedó de pie. Él le miró los pechos, la cintura de avispa. Parecía que la estuviese marcando a fuego. La caricia de su mirada la excitó, y ella tuvo que disimularlo.

—¡No pienso dejar que me chulees, ni tú ni nadie! —exclamó Miranda con sus ojos azules como si fueran de hielo.

Él se dio la vuelta, furioso, y caminó hacia la ventana.

Eso era lo que quería él: demostrarle que podía dominarla, enseñarle que nadie podía enfadarse con él. Pero ella no había hecho nada malo, se dijo Miranda. Algún día descubriría qué le había sucedido aquella noche, y haría que Dante se disculpase por dudar de ella.

—Carlo te necesita —dijo él.

—Al menos, estamos de acuerdo en algo —respondió ella.

—Por lo tanto —continuó Dante como si ella no hubiera hablado—. He decidido que vivas aquí.

—¿Qué? —preguntó ella sin dar crédito a sus palabras.

—Tendrás total acceso a él —siguió Dante.

—Tú... ¿Me vas a dejar tenerlo? —su cara se iluminó al oírlo.

—No.

Ella se hundió en la butaca. Era como si le hubiera echado un cubo de agua helada.

—Entonces, ¿qué? Se me está agotando la

paciencia. Si no me dices exactamente qué me propones, empezaré a romper todo... —agarró una figura de ébano que adornaba el escritorio y agregó—: ¿Empezamos con esto?

—Estoy intentando... No es fácil...

—¿Crees que me importa? —lo amenazó.

—No, no lo creo... Lo que te propongo es que... hagamos un trato. Como si fuera un negocio.

—¿Un qué?

—Seremos compañeros, como lo fuimos hace tiempo. No nos fue mal entonces...

—¡Yo era tu secretaria! ¿Es eso lo que quieres? ¿Tengo que trabajar para ti?

—No exactamente. No creo que ninguno de los dos quiera eso. Yo en esta silla, dictándote cartas, y tú sentada ahí...

Ella recordó cuando se había enamorado de él. Cómo la miraba... con aquellos ojos negros. ¡Ella era incapaz de concentrarse en su trabajo! Pero aquel tiempo de éxtasis para ella, para él había sido teatro, pensó.

—¿Qué, entonces?

Los recuerdos le habían hecho daño.

Él se tomó su tiempo para contestar.

Ella lo hubiera matado.

—Te propongo que vivas en esta casa. Quiero que la gente crea que somos una pareja normal...

—No es posible, porque nos estamos peleando todo el tiempo —dijo ella.

—Eso no lo sabrán. No deben saberlo. Fingiremos llevarnos bien. Por el bien de nuestro hijo seremos amables en público. Iremos a funciones juntos. No es necesario que demos la impresión de derretirnos el uno por el otro, eso sería pedir demasiado de mí —agregó Dante—. Pero guardaremos las apariencias.

—¡Debes de estar bromeando! —exclamó Miranda.

—Lo digo muy seriamente. No habrá más altercados, ni comentarios ácidos, ni dobles sentidos en nuestras conversaciones cuando estemos con Carlo o con otra gente.

Dante tenía la mirada distante. Miranda se echó atrás y observó su expresión. Ella estaba pálida del shock que le había producido aquella propuesta.

Dante hizo una pausa. Al ver que ella permanecía en estado de shock y temblando, continuó:

—Tu vida privada será irreprochable. No te emborracharás, ni tomarás drogas. Y jamás, jamás, causarás un escándalo teniendo un amante. Si lo haces, te irás de aquí. ¿Lo has comprendido?

Ella se sentía como si él le hubiera pegado con una maza. Dante quería que viviera con él como si fuera su esposa. Pero la idea de que no hicieran el amor era imposible de imaginar para ella.

—¿Quieres que viva como una monja el resto de mi vida? —preguntó Miranda.

—¿Es demasiado difícil?

En realidad, después de aquello, no quería volver a comprometerse con ningún hombre. Pero fingió indiferencia y contestó:

—Simplemente estoy tratando de fijar las reglas.

—Una de las cuales es que seas casta y que no des lugar a sospechas. Como te he dicho, si rompes esa regla, te echaré de aquí. Y no volverás a ver a Carlo.

Miranda se llevó una mano a la sien. Su cabeza estaba a punto de explotar.

—¡Por eso querías que Carlo no estuviera aquí! —gritó—. ¡Si yo rechazaba esta... magnífica oferta, pretendías ocultarlo hasta que me fuera! Bueno, no tengo intención de aceptar tu fría solución. ¡No podría vivir contigo! ¡Y tampoco me iré! ¡Me quedaré aquí hasta...!

—Que la policía te acompañe a salir de la propiedad —dijo él.

Ella sonrió débilmente y relajó los hombros. No había nada que hacer.

—Quizás. ¡Pero no me iré pacíficamente! ¡Despertaré a los muertos! —amenazó.

—En ese caso la gente se solidarizará conmigo, al comprobar la clase de mujer con la que he cometido el error de casarme. Tu actitud afectará a las posibilidades de ver a Carlo. Además, nadie creerá nada de lo que digas. Yo revelaré las razones por las que te alejé de Carlo y los tribunales me darán la custodia. Te deportarán como a una indeseable.

Miranda tenía los puños apretados. Se le llenaron los ojos de lágrimas al pensar en la tristeza de Carlo, y pensó en el modo de ganarle a Dante.

—Entonces, me iré tranquilamente. Pero me quedaré cerca de aquí, rondando tu casa para verlo de lejos. Y la gente murmurará y se preguntará por qué mi hijo está tan triste —respondió Miranda.

—No tienes dinero, Miranda. ¿Cómo vas a sobrevivir? ¿O... es una pregunta tonta, porque ya me has demostrado tus habilidades para hacerlo?

—¡Estás obsesionado con la prostitución! —gritó ella, frustrada.

Era cierto que se hundiría en la pobreza, y que tal vez no tuviera más posibilidad que humillarse ante él.

—¡Pero a ti bien que te gustaba que yo

representase el papel de prostituta en tu cama!

—Lo hacías muy bien... —murmuró Dante—. Pero esos días se han terminado. Es curioso que a ti misma se te haya ocurrido esa comparación. Yo creía sinceramente, que sólo actuabas desinhibidamente con el hombre que amabas. Pero, claro, tú simplemente te vendiste a mí por dinero, ¿no es verdad? —la miró con desprecio.

Sin embargo, la atmósfera entre ellos estaba cargada de deseo. Ella lo conocía demasiado en ese aspecto como para dudar de lo que era evidente: la deseaba.

Tanto como ella lo deseaba a él. Seguían físicamente atados y llevaría un tiempo que la pasión entre ellos se desvaneciera. Los recuerdos eran demasiado recientes, demasiado intensos. Habían vivido un verdadero éxtasis.

Miranda sentía calor. Aquella atmósfera casi eléctrica turbaba sus sentidos. Tuvo que hacer un gran esfuerzo para rechazar la muda invitación que le enviaba Dante. Pero debía hacerlo. Porque si no, él la destruiría.

Había algo más importante que considerar: Carlo. No dudaba de que Dante llevaría a cabo todas sus amenazas. Al parecer, no tenía otra opción.

—Si... Si... aceptase tu desagradable propuesta, quiero que me garantices que no me tocarás...

Inmediatamente después de pronunciar esas palabras, ella se sintió vacía, triste, al pensar que jamás se reconciliaría con Dante. Después de todo, no podría volver a confiar en él. Ni a respetarlo. Suspiró. Al parecer, el cuerpo y la mente iban por separado.

Dante respiró profundamente.

—Antes preferiría besar a una cucaracha —dijo.

—El sentimiento es mutuo —respondió Miranda.

O lo sería, una vez que pudiera superar su relación con él, pensó.

—Dejemos algo claro: Yo estaba enferma cuando tú me abandonaste aquella noche. Y podría haber estado seriamente enferma. De hecho, pasaron días hasta que me sentí mejor. No sólo te llevaste a nuestro hijo, a pesar de que yo lo cuidaba abnegadamente...

—Eso es discutible...

—¡Abnegadamente! —gritó ella y siguió—:... Sino que te marchaste a algún lugar oculto; tenías demasiado miedo de enfrentarte a mí. ¡Eres un canalla sin corazón! ¡Un cobarde, Dante! ¡Y pensar que una vez pensé que eras como un héroe! ¡Huh! Te desprecio. ¿Cómo quieres que sea educada contigo si te odio y te desprecio?

Él se encogió de hombros, pero ella se dio cuenta, por el gesto de su boca, de que sus palabras le habían afectado.

—Como comprenderás, debía alejar a Carlo de ti. Tenía que darle la oportunidad de estar sin ti y tu mala influencia. Hubiera preferido no hacerlo... Tampoco me gusta nuestro trato, Miranda. Pero por su bien, debo hacerlo. Quizás pueda alejarlo de ti. No lo sé. Pero lo que es seguro es que jamás estarás a solas con él.

Así que lo que quería era jugar a la familia feliz y luego deshacerse de ella. De ningún modo.

No obstante, Dante pensaba que estaba haciendo lo que tenía que hacer por su hijo. Eso cambiaba un poco su opinión acerca de él.

—Dante, supongo que esto debe de ser duro para ti —dijo Miranda más serenamente.

—¿Duro? Mucho más que eso.

—De momento, no podemos ponernos de acuerdo en lo que sucedió aquella noche. Pero podemos ponernos de acuerdo en una cosa: en que queremos lo mejor para Carlo. Tú lo quieres. Y en el fondo sabes que será más feliz conmigo en Inglaterra...

—¡Hasta que vuelvas a ser negligente y

lo hagas desgraciado! —explotó Dante—. No puedo dejar que se quede contigo. No dormiría. ¡Me moriría de preocupación!

Su preocupación era sincera. Realmente le preocupaba Carlo. Pensaba que ella había sido promiscua y quería proteger a su hijo. Eso era loable, a pesar de que se equivocase con ella. Carlo no necesitaba que lo protegieran de su madre.

—Te prometo...

—¡No! ¡No arriesgaré la felicidad de mi hijo por la promesa de una mujer en la que no confío y que me haengañado todo el tiempo! ¡Ésta es mi última palabra! —exclamó Dante.

Estaba convencido de que sus actos estaban justificados. Y al igual que ella, hubiera dado la vida por su hijo. Y estaba decidido. Ella lo conocía bien.

Miranda se llevó la mano a la cabeza: le dolía. No había comido nada; ni había podido dormir... Además, estaba agotada de ir de un lado a otro en busca de Dante y su hijo. Y todo eso empezaba a tener efecto.

—Veamos tu propuesta... Supongamos que acepto. ¿Qué intención tienes? ¿Que viva aquí en una habitación para mí sola?

—No exactamente. Tendrás tu propio apartamento. Pero llegarás a él a través de mi suite para evitar escándalos y cotilleos.

Tendrás una criada de confianza, una prima lejana, para que no corran rumores de que dormimos separados. En realidad, estarás sola. Y si se te ocurre intentar probar tu suerte conmigo, te encontrarás con la puerta cerrada con llave —agregó.

—Me siento aliviada de oír eso. Así no nos veremos obligados a besar cucarachas. Una cosa más. Si me quedo a vivir aquí, me gustaría ganarme el sustento. Como secretaria —lo miró, y adivinó lo que estaba pensando.

—La esposa de un conde no trabaja.

—¡Un conde! ¡Un conde! ¿Quieres recordarme que no tendría posibilidad alguna de ganar si te llevase a los tribunales?

—Ninguna.

Ella lo miró, molesta por su arrogancia.

—¡No puedo aceptar! —exclamó Miranda.

—¿No puedes hacerlo por Carlo? Entonces, hazlo por la vida de lujo que llevarías. Tendrás una generosa suma de dinero al mes, y una tarjeta de crédito, que pagaré yo. Y te dejaré algo en mi testamento, en caso de que muera. A condición de que...

—Me porte como una monja.

Él asintió con la cabeza.

—Con que seas una mujer de moral impecable, bastará.

De pronto ella necesitó alejarse de él. De su perfume a vainilla, de su sexualidad, de la atracción que aún le provocaba.

—¡Estaría loca si aceptase! ¡Me tendrías totalmente sujeta! Podrías manipular todo lo que hiciera...

—Olvídate de lo que ha habido entre nosotros. Piensa en nuestro hijo. Quiero que él se sienta feliz y seguro —se metió las manos en los bolsillos. Parecía preocupado—. Si lo quieres, como dices, supongo que también querrás eso, ¿no? Mira, Miranda, yo jamás lodejaré marchar. Éste es su sitio. Ésta es su herencia, su derecho. Un futuro glorioso. ¿Eres capaz de negárselo?

—Carlo necesita más amor que bienes materiales...

—empezó a decir Miranda, temblorosa. —¡Lo tendrá! —¿En un ambiente frío y cortés entre sus padres? Dante se cruzó de brazos. —Estoy seguro de que ambos haríamos lo posible por olvidar el pasado y que las cosas funcionen bien. Miranda, créeme, me he pasado horas caminando de un lado a otro pensando en una solución. Y ésta es la única posible para mí.

Miranda se mordió el labio inferior. Parecía sencillo según lo decía. Pero se necesitaba frialdad para llevarlo a cabo. Jamás había pensado que Dante pudiera ser tan frío y distante.

—No lo sé... Necesito tiempo. Quiero estar sola. Tengo que pensarlo.

—¿Qué es lo que tienes que pensar? Yo, personalmente, dejaría cualquier cosa por mi hijo.

—Entonces, déjame tener una casa pequeña aquí y criarlo... —empezó a decir.

—¡No! No puedo confiar en que lo cuides adecuadamente. Además, Carlo heredará mis propiedades, mi negocio. La producción de seda, la distribución, las oficinas en todo el mundo. Estas tierras. El piso de Milán, la mansión de Véneto y la casa de Antigua. Por no hablar de la fortuna que hay detrás de todo esto. Tiene que saber cómo manejar la riqueza. Cómo llevar el negocio...

—¡Sólo tiene tres años! —gritó ella, abrumada por la herencia de Dante.

—Y si crece aquí, aprenderá naturalmente a tratar con la gente. Aprenderá que el poder implica responsabilidad y sentido del deber. Un día será el Conde Severini. No debe manchar el nombre por no saber cómo comportarse. ¿O quieres que mi hermano desherede a nuestro hijo?

Se estremeció al oír mencionar a Guido, sin saber por qué. De pronto sintió rechazo ante la idea de que Guido heredase lo que era por derecho de Carlo.

—Me estás pidiendo demasiado. Déjame que lo piense —dijo débilmente—. ¡Por favor! Es un paso muy importante. ¡Tendremos que vivir una mentira el resto de nuestras vidas!

Parecía como una condena. Pero ella sabía que en el fondo haría cualquier cosa por su hijo, hasta aquello, si no encontraba otra solución.

Le dolía la cabeza. Alzó la vista y miró a Dante con los ojos llenos de lágrimas.

—¡Por favor, Dante! ¡Dame tiempo! —susurró otra vez.

Pero a Dante no le importó ver las dos lágrimas que se deslizaron desde sus ojos.

—Como quieras —respondió él—. Tal vez te venga bien un poco de aire. Te mostraré el jardín. Allí podrás pensar en nuestro trato. Tienes una hora. No más.

Miranda se preguntó por qué sería tan importante para Dante mantener las apariencias. Tal vez no estuviera bien visto el divorcio en la aristocracia italiana.

Si era así, tal vez eso obrase en su favor y pudiera presionarlo para cambiar algún aspecto de su plan.

—¡Querida!

Cuando estaban dirigiéndose a la parte de atrás del vestíbulo, una voz los detuvo.

Se dieron la vuelta. Una mujer alta y elegante extendía los brazos en señal de bienvenida. Era la madre de Dante, que estaba en la puerta.

—¡Sonniva! —dijo Miranda, sorprendida. Y para su horror, dejó escapar un pequeño sollozo.

—¡Oh, querida mía! —exclamó Sonniva, yendo hacia ella.

Sonniva la abrazó con sorprendente energía para tener un cuerpo tan delgado.

—*Oh, povera piccolina*! ¡Pequeña mía! ¡Cuánto me alegro de verte! —dijo la madre de Dante. Miranda aspiró la fragancia de su perfume—. ¡Debe de haber sido muy duro estar sola en el hospital y que no te permitiesen ver ni a tu esposo ni a tu hijo! ¡Me alegro de que estés mucho mejor! ¡Pero estás tan delgada! —tomó la cara de Miranda entre sus manos—. ¡Y muy pálida! Todavía no está bien, Dante —le dijo a su hijo—. Tenemos que cuidarte —bajó la voz—. ¿Ya no tienes fiebre? ¿Está todo bien? ¿Te han dado el alta y has venido para quedarte?

Ella respiró profundamente y miró a Dante. Así que ésa era la historia: que había estado hospitalizada con una enfermedad contagiosa. ¡Qué embustero era!

—¡Miranda, querida! Pareces… ¿Cómo te diría…? Mareada. Dante, Miranda se va a quedar, ¿no? ¡Oh, Miranda, Dante ha estado tan insoportable sin ti! ¡Y el pobre Carlo no paraba de llorar pidiendo ver a su mamá!

—Estás exagerando, mamá... —empezó a decir Dante.

—¡Oh, Dios mío! —susurró Miranda, abrumada—. Sí, sí, me quedaré...

Fue evidente que Dante se sintió aliviado. Ella notó que él relajaba los músculos, y supo que debía hacer todo lo posible por demostrarle que la había acusado injustamente. O su vida sería un infierno.

Capítulo cinco

IRÉ a buscar a Carlo —dijo Sonniva decididamente—. Dante ha hecho todo lo que ha podido para ser una madre y un padre mientras estabas en el hospital, te lo aseguro, Miranda. Ha sido muy atento y muy cariñoso con el pequeño. Le organizó algunos entretenimientos después de la guardería para que estuviera contento, un viaje en tren, una fiesta con otros niños en el jardín...

—*Mama*, te agradecería que lo fueras a buscar a casa de sus amigos de Cadenabbia. Miranda va a descansar un poco antes de que llegue Carlo.

—Así vosotros dos podéis estar un poco de tiempo solos. ¡Qué felices estaréis! *Allora*, «descansa» un rato con Miranda, Dante, ¿no? Pero no la agotes. Os veré luego, queridos.

Con los ojos llenos de picardía, Sonniva los besó a ambos y se marchó. —Gracias —dijo Dante a Miranda cuando se fue su madre. —¿Por qué? ¿Por ayudarte a mentir a tu propia madre?

—Por mi hijo, haría cualquier cosa.

Ella no lo dudaba.

71

—Eso he descubierto. ¿Cuánto tardará Carlo en estar aquí?

—Mi madre irá en coche hasta el ferry que transporta vehículos para cruzar el lago, la casa de mi amigo está muy cerca de allí. Entre lo que tarde en convencer a Carlo de que se marche de la fiesta y hace el viaje de regreso... digamos... una hora o un poco más.

Ella asintió.

—Necesito estar sola un momento. Me gustaría acostarme un poco. ¿Dónde puedo echarme?

—En tu habitación...

—No. Allí no me despertaría nunca. Prefiero un sitio donde pueda descansar, un sofá o algo así, donde pueda tumbarme un poco.

—La biblioteca, entonces —dijo él—. No te molestará nadie allí. Puedes echarte en el sofá. ¿Quieres que...?

—¡No! —exclamó ella.

Él había extendido el brazo como para rodearla.

—Dime dónde es, por favor —ella se apartó, sobresaltada.

—Por supuesto.

Al menos, él parecía haberse dado cuenta de que si se acercaba, ella gritaría. Necesitaba estar sola un rato y pensar en todo aquello.

De pronto, Miranda perdió el equilibrio, y Dante intentó sujetarla. Estaba muy cerca, peligrosamente cerca, y todo su cuerpo reaccionó ante él, deseoso de estar en sus brazos. Pero entonces él la hizo caminar, como si también necesitase separarse de ella.

En aquel momento, en la distancia, oyó una voz aguda que reconoció.

—¡Lizzie! —exclamó Miranda.

—Yo me ocuparé de ella —dijo Dante—. Puede quedarse aquí esta noche, y marcharse mañana en el primer vuelo a Londres.

—Debería hablar con ella... —dijo Miranda—. Tengo que explicarle...

—Déjale una nota —le aconsejó Dante—. Yo me ocuparé, si quieres. Si le doy dinero, estoy seguro de que cooperará. Le diré a Guido que vaya a buscarla al aeropuerto. Él suavizará las cosas.

Miranda percibió su desprecio por Lizzie. Pero ella no era capaz de explicarle todo aquello a su hermana en aquel momento. Más adelante la invitaría a pasar unos días allí, para que se lo pasara bien.

—Gracias —susurró ella, y entró en la biblioteca.

Miró los libros que cubrían las paredes. Libros con cubiertas de piel, antiguos y valiosos. Por donde mirase, descubría objetos de la herencia de los Severini. Candelabros, objetos de porcelana, muebles dorados... Todo aquello lo heredaría algún día Carlo.

Su cometido sería hacer que su hijo fuera humano. Normal. Que conociera algo más que aquella atmósfera enrarecida. Sí. Ella tenía un importante papel allí. Y sería mejor que Dante lo aceptase.

Se acercó al suave sofá de color crema y se hundió en él. Agarró varios cojines de seda y los acomodó detrás de su espalda. Luego se quitó los zapatos.

Sin una palabra, Dante le sirvió un vaso de agua de una jarra de cristal, se lo dio y luego se marchó.

Se quedó sola, en el silencio de la habitación.

Le dolía todo el cuerpo de la tensión.

¡Qué cambio había dado su vida! ¡Era increíble! Tenía que vivir allí, como esposa del conde. «¡La condesa!», murmuró mentalmente.

Cerró los ojos un momento. Sería duro fingir aquella farsa, pero además, estaría sola en un país extranjero.

—¡Que Dios me ayude! ¡Dame fuerzas para soportarlo, por el bien de Carlo! —exclamó en voz baja.

La perspectiva la hacía estremecer. Para poder llevarlo a cabo, negociaría algunas reglas con Dante, como invitar a amigos o poder tener una vida propia.

Dante no la dirigiría con mano de hierro. Carlo tenía que ver por experiencia propia que el matrimonio era algo de dos. Lo que menos quería era que su hijo la viera como a una inferior, o que creciera con la misma actitud de su padre hacia las mujeres.

Rogaba que Carlo aprendiese que a las mujeres había que tratarlas con respeto. Que debían ser amadas por su individualidad y no tratadas a conveniencia.

De pronto se dio cuenta de que se trataba de un niño de tan sólo tres años. Pero, no obstante, aprendería a comportarse desde la cuna. Pensó en Carlo. Su hijo tenía una naturaleza tranquila y dulce. Esperaba que el trauma de haberlo separado de ella unos días no hubiera estropeado su disposición positiva, y que pudiera superar el sentimiento de abandono e inseguridad.

Si Dante se comprometía a ello, podrían hacerlo. Hablaría con Dante. Carlo era lo primero para ambos. Podrían vivir una vida civilizada. Debían hacerlo, por amor a su hijo.

Al recordar el pequeño rostro iluminado de su hijo, sonrió.

—¡Oh, mi pequeño! —susurró apasionadamente—. Te veré pronto, muy pronto.

Aquella idea le aquietó los nervios, y se quedó dormida.

Era de noche cuando se despertó. Un pequeño brillo de luna iluminaba el brillante suelo de mármol, de manera que parecía un enorme lago.

Miranda se incorporó, sobresaltada. ¿Era de noche? Miró su reloj. Las diez.

Había dormido cuatro horas. Y Dante no había cumplido su promesa de llevarle a Carlo. Se puso tensa.

Sin detenerse a ponerse los zapatos, corrió por la habitación en penumbra y salió al pasillo que conducía al vestíbulo. El cabello se le había desprendido del moño y volaba, suelto, como una cortina de seda.

—¡Dante! ¡Dante! —gritó.

Oyó los pasos de un hombre, corriendo. Se abrió la puerta de una habitación que tenía la luz encendida y apareció Dante, sobresaltado.

—¡Miranda! ¡Sh! ¿Qué ocurre? —preguntó.

—¡Carlo! —exclamó, con la voz quebrada.

Al oír el nombre de su hijo, las facciones de Dante se suavizaron.

—Está dormido. ¿Quieres verlo? —preguntó amablemente.

A Miranda se le hizo un nudo en la garganta. Asintió con la cabeza.

—Creí... Creí... —dijo ella con voz entrecortada.

—Lo sé —dijo él—. Ya veo que no confías en mí.

—Si estás jugando sucio... ¡Haré que te arrepientas de haber nacido! —exclamó Miranda.

—Estoy seguro de ello.

—¿Por qué no me has despertado? —preguntó, nerviosa.

—No tenía sentido. Después de tantas horas de excitación y actividad, Carlo se quedó dormido en el coche de mi madre en el viaje de vuelta.

—¡Ésa no es razón para no despertarme! ¡No me habría importado! Solamente para ver su cara... —se calló, con expresión de decepción.

—He entrado para decirte que habían llegado, pero parecías muy tranquila, durmiendo. Estabas... sonriendo. Pero, no obstante, tenías aspecto de cansancio. No tuve el valor de despertarte. Lo siento si me he equivocado, pero mi madre estuvo de acuerdo conmigo en que una noche más no importaría, y que vosotros dos necesitabais descansar.

—Por mi enfermedad —agregó Miranda, poniéndose el cabello detrás de las orejas.

Se estremeció levemente, puesto que aquello quería decir que la había observado mientras estaba durmiendo.

—Lo siento. Debí advertirte de la historia que había inventado para justificar tu ausencia. Es que no esperaba que viniese mi madre —le explicó—. No me sentí capaz de revelar la verdad a mi madre —su gesto se ensombreció—. Pase lo que pase, no quiero que nuestro hijo descubra alguna vez lo mal que te comportaste. Así que mentí.

—No le mentiste a tu chófer —lo miró a los ojos.

—¿Cómo lo sabes?

—Por el modo en que me ha tratado. Sin respeto.

—Hablaré con Luca, mi chófer —dijo Dante.

—Hazlo. ¿Qué le has contado exactamente?

—Lo mínimo que podía contarle. Luca nos trajo a Carlo y a mí de Malpensa, el aeropuerto de Milán, aquella noche en que te encontré… Se dio cuenta de que yo estaba en un estado terrible. Estuvo entreteniendo a Carlo con cuentos y canciones. Me sirvió café y coñac, y en la estación de servicio de la autopista le compró un juguete a Carlo para entretenerlo. Sin darme cuenta dejé escapar que me habías sido infiel.

—¡Dante! ¿Cómo has podido…? —exclamó ella, consternada.

—Luca es una de las pocas personas en

las que confío, además de en Guido, por supuesto, que jamás mancharía el honor de la familia revelando intimidades. En cuanto a Luca, me hubiera gustado haberme callado, pero no estaba totalmente en mi sano juicio. Pero es discreto, y no dirá nada, por mí. Su padre trabajó para el mío. Luca ha sido mi chófer en Europa desde que dejó el colegio. Es leal, y se puede confiar plenamente en él. Ni siquiera le habrá dicho nada a su esposa. Puedes estar segura.

Ella pensó que hablaría con Luca también. Le contaría su versión de los hechos.

Dante abrió una gran puerta al final de las escaleras y se hizo a un lado cortésmente para que entrase Miranda. Y ella no pudo evitar sentir un estremecimiento al rozarlo y recordar los momentos vividos con Dante en la intimidad.

Dante cerró la puerta suavemente.

Había una lámpara que brillaba junto a la cama.

Recorrió la habitación con la mirada. Era muy masculina, a pesar de los elegantes muebles del siglo dieciocho. Al ver la bata de seda de color miel de Dante, perdió el aliento.

No había señales de Carlo. Aquélla no era la habitación de un niño. Casi seguro, pertenecía a Dante. ¿Por qué la había llevado a su habitación?

Furiosa, se dio la vuelta y exclamó:

—¡Desgraciado! ¡Déjame salir de...! —no terminó la oración porque Dante le agarró las manos en señal de advertencia.

—¡Calla! ¡Lo vas a despertar! —susurró Dante.

Antes de que ella pudiera reaccionar, él la llevó a la cama. Se sintió mareada...

—¡Mira! Y ahora, ¿me crees? —musitó Dante.

A pesar del terror, hizo un esfuerzo por centrar la vista en medio de la penumbra. Y su temor se desvaneció cuando vio la cabecita morena de su niño dormido.

—¡Carlo! —susurró Miranda.

Dante la soltó. Miranda corrió hacia la cama y se arrodilló a su lado, feliz.

—¡Oh, mi niño! ¡Cuánto te he echado de menos! —reprimió el deseo de agarrar a su hijo en brazos y estrecharlo.

Carlo parecía tranquilo. Sus largas pestañas resaltaban en sus rosadas mejillas de bebé, su boca de capullo de rosa estaba apretada en su sueño...

—Mamá está aquí —dijo Miranda. Tal vez en sus sueños la estuviera oyendo—. Mami ha vuelto.

Extendió una mano temblorosa y le tocó el brazo de querubín cubierto por un pijama con dibujos de dinosaurios que le había comprado ella poco antes de que su hijo hubiera desaparecido. Carlo suspiró y sonrió en sueños.

Miranda no podía hablar. Tenía el rostro iluminado de felicidad. Tenía la sensación de que Carlo presentía su presencia. Y su corazón se derritió completamente cuando la boca del pequeño empezó a hacer pequeños ruiditos como si aún estuviera prendido a su pecho.

Suavemente lo volvió a arropar, puesto que Dante lo había descubierto para que ella lo pudiera ver. Carlo desapareció debajo de las mantas. Apenas se le veía la cabeza. Desde lejos era difícil saber que estaba allí.

Ella estaba henchida de emoción y de incontenible amor.

Dos semanas habían sido una eternidad... Pero no se volverían a separar. Dante lo había prometido...

De pronto se acordó de él y se giró. Él la estaba observando.

—Creo que me debes una explicación —dijo él.

Ella lo miró, asombrada, y se puso de pie inestablemente.

—¿Por qué?

—Creías que te había traído a mi habitación para seducirte. ¿O crees que te habría intentado violar?

Miranda se quitó el cabello de la cara.

—Tienes razón. Lo siento. Me entró el pánico cuando me di cuenta de que era tu habitación. No me imaginé que Carlo estaría aquí. Ya ves, confío poco en ti, ¿no crees?

Dante caminó hacia la puerta. Cuando la abrió, dijo:

—Carlo no quería dormir solo. Se quedaba despierto todas las noches conmigo, preguntándome todo el tiempo cuándo venías. Sólo se quedaba dormido en mis brazos. Y si lo dejaba en la cama, aun dormido se daba cuenta de que no estaban arrullándolo, y se despertaba gritando.

—¡Pobrecillo! ¡Sabía que algo no marchaba bien! —exclamó Miranda, compungida.

—¿Crees que no lo sé? —dijo Dante, tenso—. ¿Crees que no me rompía el corazón? No pude soportar su tristeza. Empecé a llevarlo a mi cama cuando me iba a dormir. Ahora ha aceptado dormir aquí sin mí porque se siente seguro en mi cama. Con el tiempo, espero que pueda dormir en su propia habitación. Pero, de momento, ¡necesita amor, Miranda! —agregó, enfadado—. ¡No lo ha tenido, pobre criatura!

—¡Eso es mentira! ¡No te atrevas a acusarme sin pruebas! —gritó Miranda.

Y de pronto, el mundo pareció dar vueltas, y ella sintió que se tambaleaba.

—*Che Dio me aiuti!* —juró Dante, y la sujetó firmemente—. ¡Ya basta! Tienes que comer. Son las diez y media y no has comido casi nada, me imagino.

Miranda intentó recordar.

—Tomé un café —empezó a decir. Pero no recordó nada más. Había estado demasiado nerviosa para comer.

—Lo que yo te decía... No me extraña que apenas puedas tenerte de pie. Baja y cena conmigo.

A su mente acudieron imágenes de las veces que habían compartido la comida, dándose de comer el uno al otro. Y luego habían continuado satisfaciendo otros apetitos.

—Es tarde. Estoy cansada —dijo ella, temerosa del efecto que tenía él en sus sentidos—. Estaré bien cuando me acueste...

—¿Quieres estar bien mañana? ¿Jugar con Carlo? ¿Tener energía? *D'accordo.* Debes comer algo, insisto.

De pronto, ella pareció reflexionar. Y se dio cuenta de que él tenía razón, y de que, para su sorpresa, tenía mucha hambre.

—Sí, comeré, ahora que ya he visto a Carlo —su rostro se llenó de amor maternal—. Tengo un hambre de león.

Dante no dijo nada, pero quitó las manos de los brazos de Miranda y se dio la vuelta para alejarse de ella.

Miranda se dio cuenta de su gesto de odio y se prometió nuevamente probar su inocencia, aunque no sabía cómo.

Bajó las escaleras sintiéndose muy débil, junto a Dante. Él estaba tenso y ella se preguntó por qué.

Cenaron en silencio, con música de fondo como le gustaba a Dante. Comieron antipasto de Parma, paté, y verdura al vapor. Luego gambas a la vinagreta, el tipo de comida que ella siempre había disfrutado. Pero la fría indiferencia de Dante le quitó algo de placer, y la comida se transformó en una simple ingestión de alimentos.

El vino la hizo sentirse más débil aún. Comió la última uva y se limpió con la servilleta.

—Me iré a acostar —dijo ella—. ¿Por qué no me muestras mi habitación?

Su gesto contrariado pareció suavizarse, y de pronto notó en Dante un deseo profundo. Ella tuvo que contener la respiración.

No podía hablar, no se atrevía a moverse. Y sólo esperaba que su deseo por él se desvaneciera.

Respiró profundamente. Dante miró sus pechos apretados contra la seda de su blusa.

La atmósfera se hizo sofocante. El calor entre sus piernas se intensificó. La atracción aún estaba allí.

En su fantasía, él le declararía que la había amado siempre y que lo de su tío había sido sólo coincidencia.

—Ve a mi habitación, gira a la derecha después de la puerta doble. Allí está el apartamento anexo. Yo cerraré las puertas cuando vaya, dentro de un momento.

Fue como una bofetada para Miranda. Él sabía que ella estaba excitada. Lo notaba en la curvatura de su boca, sensual y cínica. Pero como la consideraba mercadería en mal estado, no cedería a su propio deseo. Ni la acompañaría como un caballero hasta su habitación.

—De acuerdo. ¿A qué hora se despierta Carlo? —preguntó Miranda.

—A las siete.

—¿Estarás vestido para entonces?

—Si la puerta está sin cerrojo, estaré vestido.

—Llamaré, por si acaso —dijo ella.

Se puso de pie y se marchó, con el corazón roto.

Capítulo seis

MIRANDA! ¡Miranda!
Alguien la estaba zarandeando.
Miranda estaba gritando, presa del pánico. Pero aquella vez, en lugar de no poder mover un músculo, como solía suceder, pudo apretar a alguien.

—¡Suéltame! ¡Déjame! —gritó instintivamente, desorientada. Una mano le tapó la boca, otra vez. «¡No, por Dios! ¡Otra vez, no!», pensó.

Normalmente sus ojos permanecían cerrados durante las pesadillas, pero esa vez los tenía abiertos.

Estaba la luz encendida en el salón que tenía junto a su habitación, y eso le permitía ver la cara de Dante por encima de la suya, con su bata colgando de su torso desnudo, encima de los pantalones dorados de su pijama.

—¡No grites! —le dijo Dante.

Miranda se encogió de miedo. ¿Sería eso lo que habría sucedido aquella noche? ¿La habría atacado Dante y ella habría intentado resistirse?

Medio dormida, se defendió con los brazos y las piernas. Pero no pudo quitárselo de encima.

—¡Dios mío! ¿Cuántas veces tengo que decirte que no tengo intención de violarte? —le dijo él al oído—. Estabas gritando en sueños. Tenías una pesadilla, Miranda. Ahora, cálmate. No quiero que se despierte Carlo. Gritabas tanto que, aunque hay una sala entre mi dormitorio y el tuyo, te he oído.

Los ojos azules de Miranda se fijaron en el rostro de Dante cuando volvió a la consciencia. Sí, otra vez había tenido la pesadilla de siempre. Todo su cuerpo se puso rígido, y Dante la soltó.

¿No se acabaría nunca aquella pesadilla? Casi le daba miedo irse a dormir, sabiendo que en algún momento se despertaría envuelta en sudor, gritando y temblando.

—Cúbrete —le dijo él.

Incómoda, Miranda se dio cuenta de que un pezón adormecido se le había escapado por el escote del camisón de satén negro.

Rápidamente se tapó casi hasta la barbilla.

—¡Tengo tanto frío!

Dante se dio la vuelta y caminó hacia la puerta.

—Te traeré un coñac.

—¡No me dejes! —gritó ella, desesperadamente, antes de poder contenerse.

Dante se detuvo en el acto y con los puños apretados a ambos lados, sin darse la vuelta, preguntó con voz sensual:

—¿Qué ocurre, Miranda? Antes no solías tener sueños como éste —se dio la vuelta para mirarla—. ¿Has estado involucrada en algo oscuro y desagradable... o con alguien que te haya hecho bajar a los infiernos?

—¡No! ¡Nada de eso! —gritó Miranda, sobresaltada, aún en estado de shock por la pesadilla.

—¡Algo debe de haber causado esto! ¡Estabas histérica! —la miró con dureza—. ¡Esto es lo que pasa por vivir peligrosamente! ¡Invitando a Dios sabe quién a nuestra casa!

—¡No!

—Bebiendo, tomando drogas...

—¡No...!

—¡Sin medir las consecuencias! —siguió Dante, con desprecio—. ¿Cómo has podido exponer a nuestro hijo a semejante riesgo?

—¡No lo he hecho! ¡No lo he hecho! —gritó ella, penosamente—. ¡Jamás hubiera hecho semejante cosa! —¡No tienes idea de lo que hiciste! —exclamó Dante—.

¡Y vete a saber cuántas veces ocurrió antes! ¡No puedo creer que hayas podido ser tan estúpida, tan irresponsable!

—¡No lo he sido!

Sus acusaciones la estaban haciendo sentirse peor. Sintió náuseas. Intentó controlarlas. No podía defenderse porque no podía hablar, ni controlar su temblor.

—*Maledizione!* —murmuró él.

De pronto, Miranda sintió que unos brazos la abrazaban y que sentía el latido del corazón de Dante en su cara, apoyada en su pecho desnudo. Luego sintió su mejilla áspera contra su cara.

Ella lo abrazó.

—Por favor, quédate conmigo —le pidió.

Dante gruñó, y ella le tomó la cara entre sus manos para implorarle.

—No me parece buena idea. Me quedaré cerca. Te traeré un poco de agua. Y una toalla para que te seques la cara. Te sentirás mejor entonces —se alejó de ella para hacer algo. Pero siguió hablando—: Luego, nos dormiremos... —siguió diciendo, como si ella fuera una niña a quien hubiera que tranquilizar—. Toma —le dio una toalla.

Miranda se secó rápidamente las gotas de sudor de la cara y el cuello. Pero su mano temblaba demasiado como para agarrar el vaso de agua. Dante se lo acercó y le dio de beber. Al verla sorber nerviosamente, frunció el ceño y dijo:

—¿Estás pasando el síndrome de abstinencia? ¿Es ésa la razón de las pesadillas, de tu pérdida de peso y de este temblor incontrolable?

—¿Cómo puedes pensar eso? —gritó ella, horrorizada.

—Tienes los síntomas típicos. Te lo advierto, Miranda, si se te ocurre meter alguna sustancia ilegal en esta casa o a escasa distancia de ella, te enviaré a Inglaterra inmediatamente. Carlo no volverá a verte... ¡Ni querrá hacerlo! ¡Desaparecerás de nuestras vidas como si jamás hubieras existido!

—¡Jamás he tomado drogas! ¡Ni lo haría por nada del mundo! He tenido una pesadilla, eso es todo. ¡Pero ha sido terrible! —exclamó ella, temblando—. ¡Tan horrible, que no me atrevo a dormirme por si vuelvo a tenerla!

Dante frunció el ceño.

—Normalmente no eres tan negativa y derrotista.

—Lo sé. ¡Pero ésta no es una pesadilla normal, Dante! Es como si la viviera. En ella alguien me ataca y yo no puedo mover un solo dedo para evitarlo. Pero mis sentidos se intensifican. Mi olfato detecta un aliento horrible, siento un gusto asqueroso... Siento unas...

Se calló. No quería hablarle de esas manos ásperas que le hacían daño. Y el blanco que seguía en su mente... Que luego se llenaba con las más terribles fantasías de su imaginación. Eso era lo peor.

Dante pareció comprender su horror al ver su rostro aterrorizado.

—Tranquila —dijo—. Tal vez hayas aprendido la lección. Y todo haya terminado.

—¡Ése es el problema! ¡Que no termina! ¡Vuelve siempre! ¡Aun durante la vigilia! ¡Y vuelve noche tras noche!

Todos los días la pesadilla se alargaba un poco más. Tal vez un día se completase y se revelase a sí misma. Y ella temía ese momento...

—Relájate. No intentes revivirlo. Tienes que olvidarlo.

¡Si pudiera!, pensó ella.

De pronto, Dante le agarró la mano. Tenía la habilidad de hacerla sentirse segura. Aunque fuera una ilusión.

—Sé realista, Miranda. No puedo quedarme.

Pero ella le agarró la muñeca para que no se fuese.

—Necesito que te quedes aquí un rato, hasta que me recupere —le rogó, lamentando lo patética que debía de parecer—. No sé qué me está sucediendo, Dante. Siento ser un estorbo, y me da mucha rabia sentirme tan débil. Pero la verdad es que me siento completamente aterrorizada. ¡Quédate un rato, por favor!

Dante la miró, dudoso.

—Si ésta es una táctica...

—¡No lo es! ¡Te lo juro!

—Debes hablar con un experto...

—¡No estoy loca!

—No, pero estás trastornada. Tienes que descubrir qué ha causado esto. Sólo entonces podrás solucionarlo. Jamás te había visto así.

Ella lo miró, ansiosa. El calor de su mano la tranquilizaba un poco. Se dio cuenta de que lo necesitaba terriblemente. Necesitaba sus brazos protectores...

—¡Quédate! —exclamó. —De acuerdo —suspiró profundamente Dante—. Sólo hasta que te duermas —agregó. Dante se sentó en la cama y acomodó las almohadas de manera que quedó de espaldas a ella.

—No sé por qué tengo estos sueños... —balbuceó Miranda, apretándose todo lo que pudo a él.

—¿No es obvio? ¿Cuándo comenzaron?

—La noche en que te marchaste. —Como me lo imaginaba. Creo que es mejor que te duermas.

Pero ella no podía dormirse. Tal vez Dante pudiera arrojar algo de luz acerca de lo que había sucedidoaquella noche de su delirio. Él la había encontrado, y tal vez tuviera datos que pudieran aclarar por qué tenía heridas. ¿Se habría hecho daño con algo en su estado febril? Necesitaba pistas de lo que había sucedido.

Ella tenía que saberlo. Le faltaba una parte de su vida y su cerebro estaba intentando llenar los huecos con aquellas pesadillas.

—¡Dante! —Miranda le tocó el hombro.

—¡No! ¡No... hagas eso! —le contestó él.

Era evidente que Dante estaba incómodo tan cerca de ella. Sólo se quedaba para que se tranquilizara. Y todo por culpa de alguien que le había mentido. ¿Quién sería?

—Esa noche...

—¡No quiero hablar de eso! —exclamó Dante.

—¡Necesito saber qué sucedió!

—Entonces, pregúntaselo a tu amante. O a la gente de los clubes que frecuentas...

—No hubo ningún amante. ¡Ni clubes! ¡Tenía fiebre! —agregó con enfado.

—Fiebre... —repitió él con voz sensual.

Ella vio el deseo en sus ojos. Sus labios se entreabrieron. Y empezó a respirar de manera irregular. Estaban a centímetros de distancia. Por un momento, ella se imaginó que él la abrazaría y que olvidarían el pasado.

Miranda miró su boca y esperó a que sucediera el milagro.

—¡Abrázame! —le susurró, como expresando un deseo en voz alta.

Pero él la oyó.

—¡Maldita sea, Miranda! ¡Deja de usar tu cuerpo como un arma! —respondió él.

—¿Qué? —preguntó ella, confundida.

Él agitó la cabeza.

—¿No te das cuenta de que tenemos que vivir juntos en armonía, Miranda? Por el bien de nuestra futura relación, intentaré creer tu inocencia y que no estás intentando atraparme de nuevo tentándome con tu cuerpo. Intentaré ser caritativo y pensar que estás asustada y que necesitas que te protejan.

Ella se sintió humillada. Necesitaba protección y amor.

—¡Por supuesto que es así! —respondió Miranda.

—No podemos permitirnos vernos envueltos en este tipo de situación, Miranda. Siento que estés asustada y disgustada, pero lo que puedo hacer por ti tiene un límite. O lo que quiero hacer por ti —la quemó con la mirada—. Sabes perfectamente que si te abrazo, haremos el amor, porque nuestros cuerpos aún están programados para hacerlo. Soy de carne y hueso, como sabes bien. Tú eres una mujer. Estás en la cama con ropa provocativa, y yo hace mucho tiempo que no tengo sexo con nadie.

—Sexo —susurró ella—. ¿No es nada más que eso para ti?

—Es una droga poderosa. Y nos hemos hecho adictos. Pero cualquier cosa entre nosotros sería solamente lascivia. Y después me sentiría mal conmigo mismo. Y me enfadaría contigo. Una relación sexual complicaría el actual arreglo, ¿es que no lo comprendes?

Parecía un extraño, tan frío... pensó ella.

—¿Y si te sientas en la silla de la habitación un rato?

Dante la observó. Ella era consciente de que tenía el cabello despeinado, de que la ropa de cama ya no la cubría, de que la seda del camisón se había enrollado a un lado y que sus piernas estaban al descubierto.

Su mirada se deslizó desde el cabello de Miranda hasta el cuello. Luego miró sus hombros y sus pechos.

Aquella mirada la encendía, pensó ella.

—Creo que no —contestó él.

Dante también estaba despeinado, lo que no era habitual en él. Casi parecía vulnerable, y ella creía adivinar que en sus ojos brillaba una luz. Lo deseaba. Y era un castigo para ella.

Había una corriente eléctrica entre ellos.

Dante la despreciaba, pero también la deseaba. Tal vez fuera el único lazo que quedaba entre ellos.

Ella estaba excitada. Pero había una única forma de librarse de esa lascivia. Y entonces dijo:

—Dante, veo que no quieres tener ningún lazo conmigo… Pero, ¿no sería mejor librarnos de los viejos fantasmas de una vez por todas? Estamos casados, después de todo y…

—¡De ninguna manera! —dijo él, sabiendo lo que ella tenía en mente, por su expresión.

Hacer el amor. Librarse de aquel deseo, y luego volver a la frialdad del acuerdo.

Miranda suspiró. Para él era más fácil rechazarla. Al fin y al cabo no la había amado como ella a él.

—Pensé que podrías abrazarme y tranquilizarme hasta que me durmiera.

—¿Y?

Miranda bajó la mirada. No sabía por qué no aceptaba que él no había tenido sentimientos profundos por ella. No le cabía en la cabeza, ni en el corazón, que hubiera sido sólo sexo. Y peor aún, que pudiera desear a un hombre que sólo sentía desprecio por ella.

Pero Dante parecía ejercer un control terrible sobre su alma y su cuerpo. Así que decidió ser sincera.

—No voy a negarlo. Tú has dicho que nos deseamos.

—Pero debemos reprimirnos, para respetarnos a nosotros mismos —dijo él.

—Tú has dicho que es inevitable que permanezcan estos sentimientos durante algún tiempo, y tienes razón. ¿Qué vamos a hacer cuando volvamos a sentirlos? ¿Pasarnos el tiempo dándonos duchas frías?

—No hay otra solución.

—Tú y yo hemos tenido sexo durante todo nuestro matrimonio —le señaló Miranda.

¿Habría encontrado a otra mujer?, se preguntó Miranda al contemplar su negativa.

—Eso no es excusa para repetirlo. ¡No permitiré que me uses para que satisfagas tus necesidades! La situación es delicada. Sé que hoy ha sido un día difícil para ambos, pero estoy seguro de que mañana lo veremos todo con más claridad. Tú eres fuerte, Miranda. Te acostumbrarás a la falta de sexo…

—¿Y tú?

Miranda pensó que un día él se enamoraría de otra mujer. Sintió un nudo en el estómago. Otra mujer en su cama y en su vida. Otra mujer haciendo de madre de Carlo. Sintió pánico.

—Puedo acostumbrarme a cualquier cosa si es por la felicidad de Carlo —respondió Dante—. Su bienestar siempre será lo primero para mí. ¡Tenemos que hacer que esto funcione, Miranda! ¡No podemos fallarle!

Entonces Miranda supo que removería cielo y tierra para limpiar su nombre. Quizás entonces, como tantos matrimonios arreglados, él terminase por enamorarse de ella.

Era su única esperanza, si no le quedaba más alternativa que quedarse junto a las dos personas que habían cautivado su corazón.

—¡Lo sé! ¡Te prometo que haré todo lo posible para que esto funcione! —susurró ella, llena de emoción.

—Eso espero.

Con una última mirada a sus grandes ojos azules, Dante se dio la vuelta y se marchó a la sala de su suite.

Miranda vio que la luz se apagaba. Las puertas que conectaban ambas habitaciones se cerraron, y oyó un ruido de cerrojo.

Miranda se metió debajo de las mantas. El vivir cerca de Dante y tener que limitarse a un trato cortés con él durante el día era también una pesadilla. Era una tortura estar en su compañía y no poder demostrar sus verdaderos sentimientos.

«¡Dios mío, dame fuerzas para aguantarlo! ¡Todo sea por Carlo!», se dijo.

Pero Dante se equivocaba. Al día siguiente no vería las cosas de otro modo.

Pero no se iba a dejar vencer por la desesperanza. Ella había vivido momentos duros en su vida y los había superado. Nada era imposible. Ni siquiera recuperar el respeto de Dante ni su amor.

Lo que significaba que tendría que transformarse en una mujer adorable a sus ojos. Una mujer cálida y de fácil trato. Así que tendría que cambiar.

Pero, ¿no era exponerse demasiado a que la hiriese?

No se pudo dormir. Harta de dar vueltas en la cama, se levantó y fue hacia la ventana.

Inmediatamente se tranquilizó. Más allá del lago, brillaban las luces del pueblo y se reflejaban en el lago. El jardín tenía su propia iluminación: unos focos suaves le daban un aire casi mágico. Carlo crecería en aquel paraíso...

Sí, se dijo. Lo conseguiría. Poco a poco dejaría clara su postura de devoción a su familia, y le demostraría sus altos valores morales. Eso era lo que importaba.

De pronto vio una figura en una terraza. Era Dante, vestido con vaqueros y suéter, con un aparato para oír el llanto del bebé enganchado a su pantalón. Estaba observando el paisaje, como ella. Luego empezó a caminar de un lado a otro.

Primero sintió una cierta identificación con él. Luego Miranda se alejó de la ventana y se fue a la cama. Al menos, él tampoco podía dormir. Aunque probablemente su agitación sólo tuviera que ver con su deseo sexual.

En la cama pensó que, a pesar de su dureza con ella, Dante había sido sincero y justo también. Se había dado cuenta de su angustia y del día terrible que había vivido. Con suerte, el malentendido que había entre ellos se aclararía.

Tenía la oportunidad de probarse a sí misma. De que fueran una verdadera familia. Y para lograrlo no escatimaría esfuerzos.

Capítulo siete

ERA una mañana gloriosa. Algo en su interior la hizo despertarse temprano para ducharse y vestirse antes de que Carlo se despertase. Quería estar lista cuando él lo hiciera.

Estaba excitada, llena de energía. Se vistió con la misma ropa del día anterior, e hizo planes mentales de pedir que le enviaran la ropa y sus efectos personales desde Londres. Se maquilló ligeramente y se recogió el cabello.

Luego se quedó esperando nerviosa, hasta que oyó el ruido de la llave en la puerta que comunicaba su habitación con la de Dante.

Se alisó, nerviosa, la falda. Caminó temblorosa hasta la puerta y la abrió.

Sólo estaba Dante en la habitación, vestido con una camisa de sport de color crema y unos pantalones beige. Estaba muy atractivo. Parecía un modelo.

La miró y giró la cabeza hacia atrás, gritando:

—¡Tu sorpresa ha llegado!

Miranda oyó un ruido como si un cepillo de dientes se hubiera caído al suelo. Contuvo la respiración. Apenas podía creer que su hijo estuviera allí. Pero entonces apareció Carlo, más pequeño de lo que lo recordaba, con el pelo más largo, más blanco, con una cara de asombro increíble.

—¡Mami! ¡Mami! —gritó, y riendo de alegría, salió corriendo descalzo en dirección a ella con los brazos abiertos.

Llena de emoción, Miranda lo levantó en brazos y lo abrazó con fuerza. Los bracitos de Carlo rodearon su cuello tan fuertemente que casi la hace toser.

—¡Oh, cariño! —susurró Miranda, besando su suave mejilla—. ¡Cariño!

—Termina de vestirlo. Él te dirá dónde desayunamos —dijo Dante, que parecía enfadado.

Pero ella estaba demasiado feliz como para que le importase.

—¿Por qué lloras, mami? —preguntó Carlo.

Ella lo miró con ternura entre las lágrimas.

—Estoy riendo, no llorando —le dijo suavemente—. A veces cuando uno se ríe, se le llenan los ojos de lágrimas. ¿Qué te parece si te visto y te arreglo para ir a desayunar? Dime dónde están las cosas.

Era el principio de una nueva vida, pensó, mientras Carlo se bajaba de sus brazos y corría para buscar sus zapatos y sus calcetines.

Arriesgaría todo con tal de ser aceptada como madre de Carlo y esposa de Dante, se dijo.

Respiró profundamente. Quería el amor de ambos. Y no se conformaría con menos.

Pero, ¿cómo?, le decía una vocecita interior. No le hizo caso, porque no sabía la respuesta.

—Parece muy contento —comentó Dante.

Ella asintió, observando a Carlo correr hacia la guardería. Sonrió.

Carlo se dio la vuelta y saludó con la mano. Su pequeña mochila colgaba a sus espaldas. Sus padres lo saludaron también y sonrieron al ver lo feliz que estaba. Luego el niño tomó la mano de un compañero y entró en la guardería.

Al principio le había molestado que Dante hubiera dispuesto que el niño siguiera con su rutina diaria. Ella hubiera querido pasar todo el tiempo con su hijo. Y había pensado que Carlo querría lo mismo. Pero cuando Dante le había dicho que fuera a buscar su mochila, el niño había corrido a buscarla sin ninguna protesta. Y ella había sentido una mezcla de decepción y alivio al ver que el niño continuaba con su normalidad.

—Pensé que tal vez no querría ir a la guardería hoy —dijo Dante cuando desapareció el niño, dando voz a los pensamientos de Miranda.

—Estaba un poco ansioso esta mañana —respondió ella.

—Sí. Me preocupaba que estuviera nervioso durante un tiempo.

—Por eso he dicho delante de él que pediría mis cosas a Inglaterra —le explicó ella—. Y tu sugerencia de que fuéramos a Maggiore a tomar el té con pasteles después de la guardería me parece que lo terminó de relajar.

—Un pequeño soborno, supongo —dijo Dante con una débil sonrisa.

—No importa. ¡Cuando hay necesidades desesperadas, hacen falta medidas desesperadas! Lo importante es que se ha convencido de que estoy aquí y que voy a quedarme.

—Y es así, ¿no?

Ella lo miró a los ojos, y se preguntó si él sabría la mezcla de amor y amargura que le despertaba.

—Jamás me iré —dijo ella.

Él desvió la mirada.

—Me pregunto qué tendrán para comer en la guardería —dijo Dante con tono de entusiasmo. Luego miró un cartel que había en la puerta—: Pasta con salsa de tomate. Filete y verduras. Muy bien.

El ambiente se distendió, y Miranda se rió mientras empezaban a alejarse de la guardería.

—¿Tienen un menú distinto todos los días? —preguntó.

—Por supuesto. La comida es un momento importante para relacionarse socialmente. Es parte del currículo.

—¿Currículo? —repitió ella.

Dante sonrió.

Miranda se alegró de que Dante pudiera relajarse un poco.

—¡Claro! Veamos... Este trimestre toca gusto y olfato, opuestos y colores. Nada pesado. Sólo unas ideas de las diferencias en la vida. Y esta semana están poniendo énfasis en la amistad. Carlo es muy popular, según me dicen —dijo Dante con orgullo de padre—. Por su naturaleza alegre. Le encanta estar con otros niños, por eso aceptó tan fácilmente ir a la guardería.

—Es un niño adorable. Abierto y alegre.

—A diferencia de ti —dijo Dante.

—¿No tiene problemas con la lengua? —preguntó Miranda, cambiando de tema.

—Con una sonrisa se va a cualquier sitio. Además, cada vez habla más italiano.

—Los niños aprenden muy rápido de los otros niños —comentó ella.

—Y necesita estar con ellos. Yo dudé en

llevarlo al colegio cuando Sonniva me lo sugirió. Pero tenía razón. Eso lo distrajo de ti y pudo pasárselo bien con niños de su edad.

—Me alegro de que se haya adaptado tan bien. Tendrá una buena vida aquí —dijo ella suavemente.

Sus ojos brillaron. Carlo estaba feliz. Miró a Dante y vio lo tenso que estaba. Hubiera querido tocarle la cara, o agarrarlo del brazo y acurrucarse contra él para animarlo. Pero no lo hizo.

¿Habría sido ése el problema? Él se había quejado de que ella era una reina de hielo, y de que nunca sabía qué pensaba hasta que estaban en la cama haciendo el amor. Se había quejado muchas veces de que no la conocía…

Pero ella había ocultado sus sentimientos toda la vida. Había sido el único modo de soportar el dolor de que su padre las hubiera abandonado cuando tenía once años. Y de no desmoronarse cuando su madre le había gritado que ella tenía la culpa de la marcha de su padre, porque cuando se tenían hijos no se podía ir a ningún sitio con el marido.

A partir de entonces, Miranda había tenido que cuidar a su hermana pequeña para que su madre pudiera hacer un poco su vida. Miranda había tenido que rechazar invitaciones a fiestas y citas, para que su madre pudiera salir. Y eso le había creado cierto resentimiento. Para colmo, Lizzie siempre había sido la favorita de su madre. A ella no la había querido tanto, ni le había dado tantas libertades.

Pero Miranda había sentido que tener resentimiento contra su madre o su hermana no estaba bien. Y tampoco se había permitido la autocompasión ni el enfado consigo misma. Así que no le había contado a nadie todo aquello, decidida a no hacerse la víctima. Había aprendido a permanecer silenciosa e impasible, ocultando sus emociones volcánicas.

Pero había momentos, situaciones extremas, necesidades desesperadas, que necesitaban medidas especiales. ¿Por qué no comportarse, entonces, como era verdaderamente? En el fondo, ella era espontánea y cariñosa. Quizás debiera dejar los hábitos de toda su vida y cambiar.

Miró el brazo de Dante. Luego el suyo. Y se agarró de él, sonriéndole.

Esperó nerviosamente a que la rechazara. Pero él, en cambio, sonrió débilmente, algo tenso.

—Quería darte las gracias —dijo Miranda, contenta.

—¿Por proporcionarte un estilo de vida lujoso? —preguntó él, cínicamente.

Miranda tomó aliento, decidida a no dejarse abatir.

—No. Por ser tan amable con Lizzie. Hablé con ella antes de que se marchase. Le encantó tu sugerencia de que tu chófer la llevara a Milán para que hiciera compras con cargo a tu cuenta antes de marcharse a Inglaterra —lo miró—. Has sido muy astuto. Pienso que no debe de haberse dado cuenta siquiera de que lo habías arreglado todo para que se fuera cuanto antes, aunque ella quería quedarse una semana.

Dante sonrió sinceramente. Ella sintió un calor alrededor de su corazón.

—Carlo me dijo que hoy iba a pintar un retrato tuyo —murmuró Dante.

—¿De verdad? —sonrió ella, encantada—. ¡Estoy ansiosa por verlo!

—¿Hablas en serio?

—¡Por supuesto que sí! —lo miró fijamente—. Usa los ojos, Dante. Confía en tu intuición. ¿Tú crees que Carlo me querría tan profundamente si yo no lo adorase? ¿Si cada uno de los detalles de su vida no fueran de suprema importancia para mí? Me encanta la idea de tener un cuadro suyo —sonrió—. ¡Espero poder reconocerme!

Para su deleite, Dante se rió suavemente.

—No sé qué decirte. Cuando hizo su primer cuadro, ¡yo vi una manzana y él me dijo que era un tren!

Ella se rió. Aunque lamentaba no haber estado presente para ver su primer dibujo de la guardería. Podía parecer algo sin importancia, pero para ella, era un gran paso en la vida de su hijo, como la primera palabra, el primer paso, y el primer par de zapatos.

Pero Dante se había perdido todos esos momentos, y se alegraba de que hubiera compartido aquél con su hijo.

Su hijo era un lazo vital entre ellos, y tal vez pudiera unirlos nuevamente. Cada vez que hablaban de él, lo hacían con sonrisas. Y estaba segura de que Dante empezaba a darse cuenta del papel que ella jugaba en la felicidad de su hijo. Y lo más importante: Él debía ver cuánto quería ella a su niño. Tal vez así pudiera dudar al menos de los rumores que había oído sobre ella.

Respiró profundamente. Merecía la pena salvar su matrimonio.

Estaban volviendo al palacio. Por la mañana habían ido caminando a la guardería, subiendo la colina por escaleras de adoquines. Y ahora estaban bajando por una zona donde había boutiques.

—Estoy intrigada. ¿Es éste un silencioso paseo misterioso? —preguntó ella, riendo.

—Lo siento. Estaba envuelto en mis pensamientos. Se me ha ocurrido que hasta que llegue tu ropa de Inglaterra, necesitarás algo de ropa. He pensado que tal vez quisieras ir de compras. Podrías comprar en el pueblo de Bellagio.

—¡Piensas en todo! Yo estaba pensando cómo iba a hacer para estar con esta ropa hasta que llegase la mía de Inglaterra y que no me confundieran con una mendiga.

Él sonrió. Y ella se sintió como si hubiera bebido vino.

—Tú jamás tendrías una apariencia horrorosa —le dijo él.

Dante se encontró con algunos conocidos en el camino, y empezó a estar más afectivo con ella. Eso la alarmó, porque se le ocurrió que tal vez lo hiciera para salvar las apariencias.

—Necesitarás ropa de sport, y un traje de baño. Tal vez algo para la noche —le dijo él—. Aquí puedes comprarlo todo.

La acompañó a una elegante boutique y se sentó en un sillón, mientras ella elegía ropa, ayudada por una joven dependienta.

Mientras se estaba probando un traje de baño, oyó la risa de Dante y abrió la cortina del probador. Lo vio riendo con la dependienta, que estaba inclinada encima de él, ofreciéndole un capuchino.

Miranda se sintió un poco celosa. Se miró en el espejo. Aquel bañador era muy serio.

Debía ponerse algo más llamativo. Todos sus instintos le decían que pelease por su hombre con uñas y dientes.

Entonces agarró una bata de algodón de una percha y salió. Dante estaba entretenido con las dependientas, manteniendo una amena conversación. Ella eligió un bikini turquesa de un perchero y se lo llevó nuevamente al probador.

Cuando se lo probó, vio que le quedaba estupendamente. Su vientre era liso, pero sus pechos y sus caderas aún conservaban la curvas femeninas. Si la veía con aquella prenda tal vez...

No, ese comportamiento era demasiado descarado... Pero era por su matrimonio. Por la familia que amaba.

Respiró profundamente y sacó la cabeza por un hueco de la cortina.

—¡Querido! —gritó seductoramente.

Las mujeres miraron alrededor y él se puso de pie, asombrado.

—No estoy segura de que me quede bien —sonrió Miranda, como disculpándose—. Me gustaría que me des tu opinión.

—Será un placer. *Permesso* —les dijo a las mujeres y se abrió paso entre ellas.

Miranda se puso al fondo del probador e intentó actuar con naturalidad, aunque estaba temblando.

Dante abrió la cortina y entró. Se quedó helado. La miró con deseo.

—¿Qué te parece? —preguntó ella sensualmente—. ¿O te parece mejor éste? —se inclinó y agarró el traje de baño que se había probado antes, sabiendo que en el movimiento se le verían levemente los pechos, y que su cabello suelto caía lujuriosamente sobre su cara.

—Están bien los dos. Uno para el público, y otro para...

Su reacción fue tan sorprendente, que ella hizo algo que jamás hubiera hecho de no estar en peligro de perder a su hijo y a su esposo.

Se acercó a Dante y con voz sensual terminó de decir:

—¿Uno para ti y sólo para ti?

Él balbuceó algo. Sus manos rodearon su cintura y tiraron de ella. Sus bocas se unieron en un dulce beso, que se hizo cada vez más profundo y apasionado.

Ella le agarró la cara y disfrutó de su tacto, del placer de sus labios y él la llevó lentamente contra la pared. Le agarró un pecho. Y ella gimió. ¡Hacía tanto tiempo que no sentía aquella sensación! Dante jugó con su pezón, volviéndola loca de placer. Después bajó la cabeza y le acarició el pecho con la boca.

Sintió su lengua, su juego seductor.

—¡Oh, Dante! —susurró Miranda.

Dante se puso rígido y se separó de ella. Tenía una expresión que no dejaba ver qué estaba pensando, pero sus ojos parecían quemarla.

—Estaré fuera —dijo con voz ronca.

Ella se agarró a la silla del probador y se sentó. Tenía las piernas débiles.

Se miró en el espejo y su reflejo la sobresaltó. Parecía que la hubieran violado y que hubiera disfrutado de ello.

Se vistió rápidamente, convencida de que pronto harían el amor. Y de que se iría creando una cercanía entre ellos. ¡Era evidente que él la deseaba!

—Van a enviarme a la casa la ropa que he comprado —dijo ella cuando salió del probador y se acercó a él—. Las dependientas me han mirado con sonrisitas... —agregó con la cara roja.

—Bien. Has sido muy lista —dijo él.

—¿Por?

—Por la escena del probador. La gente creerá que estamos locos el uno por el otro. Que aprovechamos cualquier oportunidad para tocarnos. Toma mi brazo. Sigamos la farsa, ¿quieres?, mientras te muestro Bellagio.

Miranda lo siguió por calles estrechas.

¿La habría besado por deseo o para guardar las apariencias delante de la gente?

—Bellagio está en el punto donde confluyen los brazos del lago Como —le dijo Dante mientras caminaban de la mano.

Dante estaba muy atento con ella. A la vista de los demás debían parecer una pareja normal.

—Es uno de los lugares más bonitos de Italia —agregó.

—¿De verdad? —respondió ella.

—*Certo* —le aseguró él—. Como ves, es un sitio casi virgen, muy pintoresco, a pesar de los visitantes que recibe.

Mientras Dante le explicaba que hacía dos mil años las cohortes romanas habían utilizado el lugar para descansar y recuperarse, ella pensaba en cómo hacer para que su voz sensual y sus gestos masculinos no le afectasen.

—Nerón, Da Vinci, Verdi, Rossini, Liszt…. todos estuvieron en Bellagio… —siguió diciendo él.

—Vale. Es suficiente. Ya me has convencido —dijo ella.

—¿Qué?

—Puedo leer las guías turísticas más tarde —dijo ella.

—Estamos aquí para que la gente nos vea y lo comente. Resultaría raro que paseáramos en silencio.

—Hablemos de cosas importantes para nosotros, entonces.

—¿Para que terminemos peleando? Me parece mejor que arreglemos nuestras diferencias en privado —luego cambió de tema—: De aquí salen los ferrys. Es algo que debes saber. Tengo una lancha con motor atracada en el puerto, debajo del *palazzo*. Pero a Carlo le encantan las lanchas colectivas, porque sirven bebidas y comida. En todo caso necesitarás el ferry para cruzar el lago con coche. Sale de allí —le hizo una señal con la mano hacia la izquierda.

—No tengo coche —señaló ella.

—Todavía, no. Eres mi esposa y la madre de Carlo. Puedes tener lo que quieras, ¿no lo recuerdas? Es un precio que no me importa pagar.

Pero a ella sólo le faltaba una cosa: el amor de Dante.

—Un coche pequeño sería estupendo —dijo cautelosamente—. Pero no me gusta estar atada a ti por dinero. Es por lo que quería trabajar y ser independiente.

—Entonces, te daré una suma de dinero y tú te la podrás gastar como quieras —se acercó a ella y le dijo al oído—: Coches, joyas, vestidos, lencería fina…

Ella se estremeció al oír el tono sugerente de su voz.

—¿Te gustaría que comprase...? —empezó a decir Miranda, esperanzada.

Pero él la interrumpió llamando a alguien:

—¡Matteo! ¡Maria! —Dante dio tres besos a la mujer morena y un afectuoso abrazo a su acompañante—. Quiero presentaros a mi esposa, Miranda. Cariño, éstos son mis amigos Matteo y Maria, quienes cuidaban el *palazzo* de mi tío cuando él estaba fuera.

Miranda se sintió decepcionada, porque pensó que Dante habría actuado seductoramente para el público, y no sinceramente.

—Encantada... —empezó a decir Miranda.

—*Piacere, contessa!* —Matteo se inclinó y le besó la mano. Luego le sonrió.

Le cayó bien, y ella le sonrió también.

—Eres tan bella como decía Dante. ¡No me extraña que se sintiera perdido sin ti! Se transformó en otra persona cuando se enteró de que volvías.

—¿Sí? —dijo ella. ¡Cuánto le hubiera gustado que fuese verdad!

—Cuando lo conocimos, pensamos que era malhumorado por naturaleza —dijo Matteo con una sonrisa—. Pero cuando se enteró de que venías para aquí, fue como si saliera el sol para él. ¡Hasta cantaba en el jardín!

—¡No reveles todos mis secretos! —bromeó Dante, incómodo.

A Miranda le intrigó lo que dijo la pareja. El brusco cambio de ánimo de Dante no podía deberse exclusivamente a que Carlo estuviera mejor. ¿O se estaba engañando ella?

—... a cenar —estaba diciendo Maria—. Pero se nos hace tarde para tomar el Rápido a Como. Disculpadnos. Hablaremos más tarde, ¿vale?

Se despidieron y se marcharon deprisa.

—¿Cantabas en el jardín? —preguntó ella inmediatamente.

—Debo de haberlo hecho. A veces tengo alguna música en la cabeza, y cuando estoy solo, la canto.

—No estabas solo. Matteo te escuchó.

—De todos modos, no debes tomar las cosas literalmente. Matteo, como buen italiano, exagera mucho —dijo Dante—. Ha sido muy galante diciéndote lo que querías escuchar.

—¿Es eso lo que haces tú, Dante? ¿Lo que has hecho durante nuestro matrimonio? —preguntó ella.

—No. Hace tanto que vivo en Inglaterra, que he olvidado el arte del piropo efusivo. Yo digo lo que pienso, aunque quizás no tan directamente como los ingleses.

Ella se quedó pensando.

—Matteo parecía convencido de que estabas contento por mi inminente regreso.

—Seguramente han charlado con mi madre, y ella les habrá hablado de mis sentimientos hacia ti. Mi madre debe de haber imaginado que ése era el motivo de que estuviera contento, pero nosotros sabemos cuál es la verdad.

—Tu madre parece convencida de que me adoras.

Sonniva era una mujer muy intuitiva.

—A veces la gente ve lo que quiere ver. Como Matteo y Maria. Son buenos amigos. Viven en una mansión no muy lejos de nosotros —explicó—. Los veremos a menudo, puesto que tienen un niño de la edad de Carlo.

—Me caen bien. Espero volver a verlos. Estoy segura de que todos podremos ser buenos amigos.

—Estás haciéndote a la idea de que vivirás aquí en el futuro, ¿no? ¿Lo lamentas? —preguntó él.

—No. Estaré con Carlo. ¿No es verdad?

«Y contigo», pensó Miranda.

—Y disfrutarás de una vida de lujos, claro —dijo él cínicamente.

—Insistes en que quiero ser la esposa de un hombre rico. Pero eso no sería suficiente para mí.

—¿Quieres más?

—No en el modo que tú piensas.

Él la miró.

—No comprendo —dijo.

—Tú crees que me casé por interés material —dijo ella con tristeza. ¿Cómo podía creer eso?, se preguntó—. Dante, ¿soy una persona extravagante? ¿Has visto signos de ambiciones materiales en mí?

Él frunció el ceño.

—No —admitió.

—¿Sabía yo que estabas en buena posición económica cuando trabajaba como secretaria tuya?

—Se notaba que llevaba un estilo de vida acomodado.

—Pero no lujoso. Ibas a todas partes en taxi como tanta gente en Londres. Tu apartamento estaba bien, pero no estaba en un lugar de moda; aunque era espacioso y tenía muebles caros. Te vestías bien, pero —sonrió— eres italiano. Es parte de tu cultura. Si yo hubiera estado buscando un hombre rico, me hubiera dirigido a Guido —sintió un gusto amargo al nombrarlo. Pero siguió hablando—: Le gustaba ostentar su dinero. Tiene un Maserati. Come en los mejores restaurantes. Lleva un montón de joyas. Todo el mundo en la oficina pensaba que estaba forrado de dinero. ¿Por qué, entonces,

119

me iba a fijar en ti?

—No lo sé.

Ella se inclinó hacia él y dijo:

—Mira, desde que era muy joven lo único que he querido ha sido pasar la vida con alguien que me amase y a quien amase yo. ¿Me crees?

—Creo que Carlo es importante para ti —dijo él, como defendiéndose.

—¿Y reconoces que no le faltaba amor?

Dante parecía incómodo.

—Tal vez quien me informó haya cometido un error.

—Llama a la niñera y averígualo —lo instó—. Tengo su nuevo número de teléfono. ¡Ya verás cómo se quejará de que no la dejaba demasiado tiempo con Carlo!

—No hace falta. Lo he visto con mis propios ojos. Te pido perdón por dudar de tu instinto maternal —dijo él.

—¿Y por dudar de mi amor por ti? —preguntó ella, con el corazón latiéndole aceleradamente.

Él giró la cabeza.

—No puedo fingir que no me has sido infiel.

Ella se dio cuenta de que tendría una dura batalla hasta que él cambiase de opinión.

—La semana que viene será dura para ambos. Todavía nos estaremos adaptando.

Pero veremos si podemos organizar algo para ti, siempre que este sitio te guste suficientemente.

—¿Como qué? —gritó—. ¡Es imposible que no me guste este sitio! Me encanta el lago y las montañas y los pueblos pequeños y románticos de alrededor. ¡Y Bellagio es hermosa! La gente es amistosa y nos sonríe cuando pasamos, aunque no nos conozca. Me gusta el afecto que demuestran los jóvenes hacia las personas mayores. Me gustan tus amigos. De hecho, me gustan mucho los italianos.

—Me alegro —dijo Dante—. La vida sería dura para ti si no te gustasen.

—Mmmm... Son muy espontáneos con sus emociones, ¿no es verdad? —murmuró.

Los había observado, gesticulando, gritando, abrazándose, riéndose.

—¿Les envidias su falta de inhibición? —preguntó Dante.

—Sí.

Y deseaba poder contagiarse de aquella facilidad para expresar las emociones. Era a lo que estaba acostumbrado Dante. No era de extrañar que la considerase fría y apática.

—Yo también. He estado tan ocupado con los negocios, y con nuestra nueva vida de casados en Londres, que no me he dado

121

cuenta de cuánto echaba de menos Italia hasta llegar aquí.

Ella no dijo nada, pero se quedó pensando en lo que Dante acababa de decir. Para él, había sido un exilio estar en Inglaterra.

No había comparación, reflexionó, observando los colores y la paz de aquel entorno.

—Ahora comprendo por qué quieres que Carlo viva aquí —dijo—. Creo que es perfecto para él. Tú amas tu casa y el lugar donde está, y a mí también me ha enamorado. Por eso, creo que podemos ser felices aquí.

—¿Felices? Es poco probable —dijo Dante cínicamente.

—Ya verás… —ella se sentía insegura, como si estuviera al borde de un precipicio.

Tenía que convencerlo de que su matrimonio podía ser algo más que una fachada.

—Ambos debemos trabajar para lograrlo —agregó luego Miranda.

Hubo un silencio.

—Han pasado demasiadas cosas. Demasiado rencor, demasiadas heridas que no podrán curarse. Pero me conformaría con una relación armoniosa. Es un alivio saber que estás de acuerdo con mis planes.

—Haré todo lo posible para que la gente piense que tenemos un buen matrimonio —dijo ella.

Casi imperceptiblemente, se movió hacia

él. Caminaron uno al lado del otro, casi cadera con cadera, y notó que Dante se estremecía. Aquella atracción física entre ellos aún estaba viva.

Primero harían el amor, y luego irían transformando la relación en una de confianza y cariño.

Estaba contenta, tanto por la cercanía de Dante como por las hermosas vistas que los rodeaban.

Notaba que Dante estaba excitado, como si él también hubiera tenido que reprimirse anteriormente.

Hablaba entusiasmado de Italia, y ella, respondiendo a un acto instintivo, le rodeó la cintura con el brazo. Él se puso rígido. Pero luego se relajó y deslizó su brazo por su estrecha cintura, produciendo una sensación de felicidad en Miranda.

Mientras caminaban, la gente les sonreía. Y ella se juró que algún día aquellas escenas serían reales.

—Realmente amas Bellagio, ¿no? —preguntó ella riendo, embriagada de felicidad.

Dante carraspeó.

—Me encanta. Hay muchas cosas para mostrarte. Pasado mañana daremos un paseo en coche por el interior...

Se calló, distraído por voces y risas a lo lejos. Miranda se dio la vuelta y descubrió a una pareja de novios con sus trajes de boda.

—¿No es hermosa? —preguntó Miranda, refiriéndose a la novia.

—Sí, muy bella.

—Está la pareja sola con el fotógrafo. ¿Dónde están los demás? —preguntó Miranda.

—Es la costumbre. Primero se fotografían los novios en un entorno romántico.

Dante y Miranda los observaron. Dante le tomó la mano. Ella se sintió emocionada. Aquella pareja iniciaba la vida de casados, llena de ilusión por el futuro, pensando que sería un camino de rosas. Sintió ganas de llorar al pensar en su matrimonio roto.

—*Complimenti* —le dijo Dante a la pareja en un momento que pasaron por su lado.

La novia miró a Miranda y el hombre contestó algo a Dante en italiano.

—¿Qué ha dicho?

—Nos ha devuelto el cumplido. Dijo que se imaginaba que estábamos recordando el día de nuestra boda.

—Yo lo estaba recordando —admitió Miranda.

Recordó lo enamorado que parecía Dante ese día… ¿Y si Guido se había equivocado?, pensó.

—Es hora de comer —dijo él, llevándola hacia una mesa de una terraza con vistas al lago. Parecía pensativo y triste.

—Me gustaría que lo nuestro fuera como al principio... —dijo ella.

Dante se encogió, como si compartiese aquel sentimiento.

—Esos días han pasado —dijo él.

Agarró la carta de restaurante y se enfrascó en ella.

—Pero no podemos negar que sería maravilloso que pudiéramos estar juntos de verdad —se atrevió a decir Miranda.

Dante bajó la carta de manera que ella pudo ver sus ojos negros.

—Sí. Pero tenemos que aceptar que es imposible.

—No hay nada imposible...

—Creo que hay algo que tienes que comprender de los italianos: el honor es muy importante para los hombres. El peor insulto para un hombre es decirle *«cornuto»*. ¿Sabes lo que quiere decir?

Ella agitó la cabeza.

—Cornudo. Un hombre cuya mujer le ha sido infiel —alzó la mirada y la quemó—. Me molestaría que pudieran llamarme así, y que si lo hicieran, tuviera que callarme, porque es verdad. Intento olvidarlo, pero no puedo. Cada vez que te imagino con otros hombres... tocándote, ¡no puedo contener la rabia y la vergüenza!

Ella sintió ganas de llorar, pero se reprimió.

—Yo no te he engañado —insistió—. Siempre te he sido fiel —luego agregó en un suspiro—: Siempre te he amado.

Y esperó su respuesta, con el corazón saliéndosele por la boca.

—Por lo menos lo has intentado. Pero yo sé la verdad. Quiero que comprendas esto, Miranda. Jamás podré perdonarte —la miró a los ojos.

Y en el brillo de los ojos de Dante, ella vio su propia tristeza.

Miranda se sintió triste y herida por su intransigencia. Pidió al camarero mecánicamente, pero sabía que no podría comer.

Pero disimuló su estado de ánimo y fingió entusiasmo cuando él le mostró los barcos que cruzaban el lago, aun cuando no veía nada por sus ojos borrosos por las lágrimas.

Al parecer, estaba lejos de salvar su matrimonio.

Capítulo ocho

MIRANDA se sentía triste y herida. Si no hubiera sido por Carlo, se habría ido a su habitación a llorar hasta hartarse. Pero tenía que aguantarse. Sabía que dos horas más tarde tenían que recoger a Carlo para llevarlo a Maggiore, como le habían prometido.

Ella se sentía como si le hubiera clavado un cuchillo. Evitó mirarlo y durante la comida se limitó a monosílabos.

—¿Más vino? Y por favor, sonríe de vez en cuando

Miranda se reprimió las ganas de decirle «¿para qué?» y sonrió afectadamente. Mientras Dante le llenaba la copa, ella le preguntó: —Te importa mucho lo que piense la gente, ¿verdad? Él se inclinó hacia delante como si estuviera hablando de algo íntimo y romántico.

—No quiero que Carlo note nada raro entre nosotros. Y para eso es necesario que la gente se convenza de nuestra armonía.

Ella suspiró. Eso era lo único que le importaba. Pues bien, ella no continuaría con aquella farsa. Dante tenía que aceptar su inocencia.

—Quiero hablar contigo más tarde —murmuró Miranda—. Cuando Carlo se haya ido a la cama.

—Mírame —le dijo él.

Miranda levantó la mirada.

—¿Y? Te estoy mirando.

—No respondas malhumorada. Los amantes se miran a los ojos —le dijo él sensualmente.

—Estamos casados —aclaró ella.

Dante le tomó la mano por encima de la mesa. Ella tuvo que hacer un esfuerzo para no salir corriendo por aquella farsa que estaban representando.

—Parte de nuestro acuerdo era que mantuviéramos las apariencias —le recordó él con una suave amenaza—. Tú has aceptado esto. Y me lo has confirmado hace escasos momentos. Me tienes que mirar como si me amases. Como si yo fuera el único hombre en el mundo para ti —sus dedos empezaron a acariciar la palma de su mano.

Y ella no lo pudo soportar.

—¡Por favor, Dante! ¡Quiero marcharme! —susurró, desesperada.

Hubo un momento de pausa. Y luego él dijo:

—Sí, por supuesto.

Y entonces la ayudó a levantarse. Dejó unos billetes en la mesa y llamó al camarero,

128

que fue a ver qué sucedía.

Dante salió con ella, abrazándola.

El ruido de la calle era como un murmullo a lo lejos, porque ella se hundió en sus propios pensamientos. Nunca se había sentido tan sola.

—Me ha extrañado que no rechazaras mi petición.

—Supongo que la gente pensará que no vemos la hora de volver a casa a hacer el amor.

—¿Qué? —Miranda no podía creerlo—. ¿Le has dicho al camarero...?

—¡No! ¿Cómo iba a hacer eso? Pero es un hombre y sabe que la pasión puede sorprenderte en cualquier momento, y se lo habrá imaginado.

Ella se sentía sofocada.

Su vida no era suya. Era un montón de mentiras.

—¿Y te importa lo que piense un camarero?

—Sí, porque luego cotillean. Mi regreso al pueblo ha despertado interés. Y esperaban con ansiedad a que llegases tú. ¿No has notado cómo te miran todos?

Ella estaba acostumbrada a que la mirasen cuando iba con Dante, aunque él decía que la miraban a ella.

—Estarás contento con lo de esta mañana.

¡Todo el pueblo comentará lo unidos que estamos! Yo siento que estamos engañándolos a todos. A tu madre, a tus amigos...

Dante volvió la cara y le contestó:

—¿Qué te hace pensar que tienes el monopolio de los sentimientos? ¿Crees que esto es una pesadilla sólo para ti? Para mí también es desagradable. Pero es lo que hay. ¡Oh, maldita sea! ¡Lo que me faltaba! —exclamó Dante al ver un coche con unos novios dentro.

—¿A qué te refieres?

—Al coche que acaba de pasar. Llevaba una novia. ¡Preferiría que no estuviera todo rodeado de bodas!

—Tú desearías tener amor verdadero.

—¿No es lo que quiere todo el mundo?

Volvieron a la mansión caminando en silencio.

Ella se quedó pensando. Dante era joven y viril aún. La perspectiva de estar casado con una mujer a la que no amaba no debía de ser grata para él.

Tal vez hubieran cometido un error al pensar que lo mejor era mantenerse unidos por Carlo. Tal vez un divorcio civilizado y la custodia compartida de su hijo hubiera sido mejor. Sobre todo para Dante.

Aunque no sabía cómo podría soportar la posibilidad de que Dante volviera a casarse.

Pero pasara lo que pasara, estaba decidida a borrar la idea de Dante de que ella era una mala madre y una esposa infiel.

—Creo que deberíamos pasar un poco de tiempo separados. Esto ha sido más duro de lo que imaginaba —dijo Dante, abriendo una pequeña puerta que daba al jardín y desconectando la alarma —. Espero que hagas un esfuerzo por ser amistosa conmigo cuando recojamos a Carlo.

—¡Oh! Sí, lo haré. Y esta noche hablaremos de esta situación. Creo que hay algunas cosas que debemos aclarar.

Ella se quedó reflexionando en el jardín, tratando de asimilar los sentimientos de Dante por ella.

Aquella noche le haría confesar quién le había dicho todas esas mentiras. E irían juntos a ver a esa persona, se prometió.

Y descubrirían de algún modo lo que había pasado aquella noche en que ella había estado enferma.

Sentía la tentación de esconderse en un agujero, pero el ocultar sus sentimientos no la había llevado más que a que Dante creyese que no los quería ni a Carlo ni a él.

Dante necesitaba saber lo fuertes que eran sus sentimientos, aunque eso significase arriesgarse a su desprecio y a su rechazo.

Iba a ser duro. Pero amaba a Carlo y a Dante con todo su corazón. Y aunque estaba decepcionada, en el fondo aún tenía la fantasía de que si perseveraba, podrían ser una verdadera familia.

Miró su reloj, y se sorprendió de que ya fuera hora de ir a buscar a Carlo.

Al principio, cuando fueron a recoger a Carlo, estaban tensos. Pero luego los fue envolviendo el entusiasmo de su hijo y la posibilidad de ver el mundo a través de sus ojos.

—¡Ésa es mamá! —dijo Carlo entusiasmado, mostrándoles el retrato de Miranda—. Mamá en el suelo.

—¡Es muy bonito! —respondió ella—. ¿Y qué estoy haciendo en el suelo?

—Riéndote —dijo el niño con su media lengua—. Mami se ríe mucho —le dijo a su padre—. Mami me quiere mucho, y yo la quiero un montón.

Carlo la abrazó, y ella confirmó el hecho de que lo adoraba.

Desde aquel momento, Dante y ella pudieron actuar más naturalmente, y se relajó el ambiente entre ellos.

Por la noche, Miranda estaba hecha un lío. Había disfrutado de cada minuto del tiempo que había compartido con su hijo y con Dante. Y deseaba que aquello pudiera ser así siempre.

Todo era risas, diversión y afecto. Y adorable juego, pensó, al ver a Dante corriendo, jugando con Carlo a perseguir a mamá.

—¡No! ¡Socorro, ayuda! —gritó ella.

Fingiendo no poder correr más rápido, se dejó atrapar por padre e hijo, y todos se cayeron al suelo, riendo.

—Te *quero*, mami —le dijo el niño.

—Yo también te quiero, cariño —contestó ella, dándole un beso.

—Mamá es guapa —dijo el niño, orgulloso, tirando de su camiseta de color salmón, y dejando ver el borde del sujetador accidentalmente.

—Sí. Muy guapa —respondió Dante.

—¡Un beso, papi! —pidió Carlo.

Ella miró a Dante, que estaba sentado a su lado en el suelo. Luego fingió entretenerse colocándose la camiseta.

—¡Beso, papi!

Ella sonrió. Dante estaba afeitado, ¡y era tan atractivo! Su corazón se encogió de amor.

Se inclinó hacia delante, y lo besó levemente en la mejilla. Luego se retiró rápidamente, para no desear besarlo más.

—¡No! —dijo Carlo—. ¡Como el padre y la madre de Paolo!

—¡Mamá, tonta! —murmuró Dante. Y la besó en los labios.

Aunque su beso no duró, la dejó temblando.

Ella se levantó del suelo y luego alzó a Carlo en sus brazos.

—Creo que es hora del baño y del cuento en la cama.

—¡No!

—¡Sí! —dijeron Dante y Miranda al unísono.

La instintiva comunicación entre ellos la hacía sentirse bien.

Parecía que la hostilidad de Dante se había borrado después de una tarde y una noche de diversión.

—¡A que llego arriba antes que tú! —desafió Dante a Carlo.

—¡No puedes! —gritó Carlo, y corrió por las escaleras.

Sus padres fingieron darse prisa detrás de él.

Ella se emocionó al ver a Dante y a Carlo juntos. Eran los hombres de su vida...

Tenía que trabajar duro para ganarse el corazón de Dante y vencer su reticencia.

Miranda subió detrás de ellos.

—¡He ganado! ¡He ganado! —gritó el niño desde arriba, con cara de felicidad.

—Has sido muy rápido —lo aplaudió su madre.

—Los barcos —contestó Carlo, simplemente, yendo hacia el cuarto de baño donde Dante lo esperaba con la camisa arremangada hasta el codo, comprobando la temperatura del agua.

—Sí, enseguida traeremos los barcos — contestó ella.

Miranda se arrodilló, como Dante, para ayudar a Carlo a desvestirse, pero el niño la empujó suavemente.

—Yo solito. Yo lo hago solito —repitió.

«Te quiero tanto», pensó Miranda, mientras lo observaba intentar quitarse la ropa. Luego miró a Dante un momento. Estaba mirando a Carlo con tal adoración que ella tuvo que reprimirse unas lágrimas de emoción.

Tocó el brazo de Dante levemente, para demostrarleque ella sentía lo mismo. Él la miró con un brillo cálidoen los ojos. El corazón de Miranda se aceleró. Él quería amarla. Estaba segura. Quería olvidar el pasado, y, como ella, deseaba que aquellos momentos dorados con Carlo no se acabasen.

Se acercó a él y le rodeó la cintura con un brazo.

—¿Hay profundidad suficiente? —preguntó.

Él se quedó mirándola, del modo en que lo había hecho cuando eran amantes.

—Hay más profundidad de la que piensas

—respondió él suavemente.

Ella se estremeció. ¿Querría decir...?

—¡Upa! ¡Upa! —el niño se quería abrir paso entre ellos.

Dante respiró profundamente, alzó el cuerpecito desnudo del niño y lo metió en la bañera.

Carlo se lo estaba pasando muy bien, jugando con los barcos de goma, mientras sus padres intentaban bañarlo.

Hubo un golpe en la puerta en el momento en que ella daba un beso a Carlo en sus rizos. Luca entró en el cuarto de baño.

—Disculpen —dijo con cortesía. Luego miró a Carlo y a Miranda, jugando a hundir los barcos—. Eh... La hermana de la *contessa* ha llamado para avisar que alguna de su ropa llegará pronto con un enviado especial.

—Oh, bien. Gracias —le sonrió Miranda.

Luca parecía menos hostil hacia ella. ¡El poder que podía tener un niño!, pensó.

—¡Eh! —protestó cuando Carlo se aprovechó de su distracción y se sentó encima de su barco—. ¡Caradura! —gritó, fingiendo estar indignada.

Carlo se rió.

—¡Yo, caradura! —se rió el niño.

—¡Pero te adoro! —Miranda lo besó en el cuello con entusiasmo, y Carlo se siguió riendo.

—¡Me *doras*, me *doras*! —gritó Carlo.

Luca carraspeó cortésmente.

—Lo siento —Miranda lo miró como disculpándose—. Es que me encanta el baño de Carlo.

—A mí también, *contessa* —dijo Luca, mirando a Carlo con ternura.

—¿Tiene hijos? —preguntó ella.

—Cinco. Todos varones —dijo con orgullo.

—Todos guapos. Son el orgullo de sus padres —dijo Dante.

Luca sonrió de oreja a oreja.

—Gracias, *conte*. *Allora*, tengo otro mensaje de su hermana, *contessa*. Ha dicho que la llamaría dentro de un día o dos para contarle lo que había comprado en Milán.

Miranda alzó los ojos al techo.

—¡Espero que no haya vaciado las tiendas! ¡Es la primera vez que le dan esa oportunidad!

—Estaba muy contenta, *contessa* —murmuró Luca con tacto.

—¡Estoy segura de ello! Bueno, gracias por cuidar de ella...

—Sí, Luca —la interrumpió Dante—. Estamos agradecidos —y para sorpresa de Miranda, continuó diciendo después de dudar unos segundos—. Como tú, Luca, Lizzie perdió a su padre siendo muy pequeña, y su madre murió cuando tenía doce años. Miranda tuvo que ocuparse de ella. Pero ahora todos seremos los padres de Lizzie, ¿no es cierto? —dijo Dante.

El hombre miró a Miranda, y ella se dio cuenta de que se solidarizaba con ella, por lo que había tenido que pasar como hermana mayor.

—Lo comprendo —sonrió Luca—. Sí, cuidaremos a la joven cuando esté aquí. Buenas noches, *conte*, *contessa*.

Cuando Luca se marchó, Miranda puso una mano en el brazo de Dante.

—Eres muy generoso. No sabía que comprendías lo mal que lo pasó Lizzie.

—Y tú. No soy ciego, Miranda —contestó, agregando más agua caliente. Le sonrió—. Tendrás que vivir tu infancia a través de Carlo, puesto que debes de haber perdido una buena parte de ella.

Se miraron a los ojos, y el pulso de Miranda se aceleró. Dante tragó saliva. Luego cogió pompas de jabón y las sopló en dirección a Carlo, y luego hacia ella.

Miranda se estremeció. Su mente y su sangre eran un torbellino. Las manos de Dante estaban temblando, como las de ella.

—Como en los viejos tiempos, ¿no? —susurró Miranda.

—¡Uh!

Dante se quitó un mechón de pelo de la frente, confuso. Le quedó húmedo y con burbujas. Ella, con un gesto típico de esposa, le quitó el jabón con la mano. Sus rostros estaban muy cerca.

Por un momento, creyó que la iba a besar, pero entonces él respiró profundamente y volvió a entretenerse bañando a Carlo.

Ella tuvo que hacer un esfuerzo por no echarle los brazos al cuello y decirle cuánto lo amaba. Agarró el jabón y lo pasó por la espalda y el cuello de su hijo.

—¡Mírame, mami! —exclamó Carlo.

—Te estoy mirando, cariño —susurró ella cariñosamente, mientras Carlo enjabonaba el brazo de su padre a propósito.

Luego le desabrochó la camisa. Miranda observaba a su hijo, concentrado en la tarea, y la risa de Dante.

—¡Estoy muy mojado! —protestó Dante a Carlo.

—¡Yo mojado también! —contestó el niño.

—Bueno, me parece que ya es hora de que nos sequemos. Tengo un nuevo cuento para ti —dijo Dante, secándose el agua que le había llegado hasta el ombligo.

Miranda dejó de mirar y sacó al niño de la bañera. Lo secaron ambos, mirándose cada tanto por entre los rizos de Carlo, mientras él charlaba feliz.

De pronto, impulsivamente, Miranda lo abrazó y cerró los ojos. Tener a su hijo así, no tenía precio. Valía horas de discusiones y de hostilidad, si hacía falta.

—Yo le pondré el pijama —dijo Dante.

Miranda lo observó en silencio.

Dante se levantó y llevó al niño en brazos a su habitación. Miranda los siguió.

Dante lo dejó en la inmensa cama de su habitación y se echó a su lado con un libro.

—Mami también viene...

El niño le hizo señas para que se echase ella también.

—Un sándwich de Carlo —recordó Miranda.

Dante sonrió.

—¡Mami, guapa!

Era maravilloso oír aquellas palabras otra vez. Miranda besó a su hijo en la mejilla, y el niño se acurrucó entre ambos. Dante empezó a leer el cuento.

La cama tenía un perfume especial, y ella lo aspiró. La fragancia masculina de Dante penetró todos sus sentidos. El brazo de Dante rodeaba protectoramente a Carlo, y la tocaba a ella.

Miranda se acomodó y rozó su piel. Luego acarició la cabeza de Carlo y miró a Dante mientras él contaba el cuento. Después de un momento, él alzó la vista y la miró y siguió leyendo la historia con voz más seductora.

—Sería una pena perder todo esto por un frío pacto entre nosotros —dijo ella.

Dante dejó el libro y miró a Carlo. Miranda contuvo la respiración, sabiendo que Dante estaba reflexionando sobre lo que ella acababa de decir.

Carlo se había dormido. Su boca ya no reía, y su cuerpo lleno de energía se había relajado. Miranda tenía el corazón henchido de amor.

Lentamente, Dante se apartó del niño y se puso de pie. Sin mirarla, le dijo:

—Es hora de que hablemos.

Ella asintió, nerviosa, y se levantó de la cama, siguiendo a Dante en dirección a la puerta.

—El monitor del bebé —dijo Dante, frenando su paso y chocándose con ella.

El resto fue confuso. Pero sin saber cómo, ella se encontró envuelta en los brazos de Dante. Él la besó apasionadamente, como si al tocarla algo hubiera explotado y los hubiera envuelto en fuego.

Todo iría bien, se dijo ella, mientras él la apretaba contra su cuerpo, con el mismo deseo

—¡Miranda! ¡Miranda! —exclamó él.

Miranda sintió que estaba tocando el cielo

con las manos. Entrelazó los dedos en el sedoso cabello de Dante y aspiró aquel leve olor a vainilla y a hombre, tan familiar. Dante le bajó los tirantes y le besó los hombros con ansiedad. Sintió sus dedos en la lycra de su sujetador, y sus labios explorando el escote en uve.

Ella dejó escapar un gemido de placer cuando él le tocó el pezón levemente. Dante levantó la cabeza y ella lo besó profundamente, deleitándose en las caricias expertas de sus manos varoniles, y la promesa de su cuerpo.

En algún momento debió de abrir su camisa porque ahora sentía su torso musculoso y el latido de su corazón. Era evidente que Dante estaba tan excitado como ella.

A partir de entonces ella ya no pensó en nada. Fue como si se emborrachase con la droga del amor. Él podía hacerla olvidarse de todo cuando le hacía el amor. Ella ya no tenía voluntad propia, sólo un deseo irresistible de ser parte de él.

Con un gesto decidido, ella lo empujó contra la pared y se apretó contra él, moviéndose con movimientos sinuosos que le hacían perder el control.

Casi inmediatamente, él le levantó la falda y la alzó levantándole el trasero con las manos.

Con deseo, ella envolvió la cintura de Dante con sus piernas desnudas, y se quitó la blusa. Mientras lo hacía, Dante hundió la boca en sus pechos, y con los dedos intentó desabrocharle el sujetador.

Ella le agarró la cara con las manos y lo besó con una tierna y lenta pasión. Cuando sintió que la barrera de encaje había desaparecido, se sobresaltó. Ahora estaban piel contra piel.

Sus sentidos estaban inundados de Dante, y su corazón estaba bombeando desesperadamente.

—¡Te amo! ¡Te amo! —susurró Miranda.

Entonces, él se quedó petrificado, giró la cara.

Ella no debía de haber dicho eso. ¡Lo asustaría y huiría!

Lo miró con los ojos muy abiertos, mientras él la dejaba de pie en el suelo.

Su falda cayó en su sitio. Dante iba a rechazarla y a llamarla prostituta, pensó ella histéricamente. Y sintió una pena y una frustración muy grandes en su interior.

Capítulo nueve

DANTE! ¡Dante!
Alguien estaba llamando desde abajo.

—¡Es Guido! —dijo Dante.

Parecía enfadado. Pero ella no sabía si era por sucumbir a ella o por el hecho de que Guido hubiera elegido aquel momento para aparecer.

—¿Qué está haciendo aquí? Dante se empezó a abrochar los botones de la camisa y la miró.

—Supongo que ha traído tus cosas desde Inglaterra. Será mejor que te arregles un poco —le dijo Dante, peinándose con los dedos y evitando mirarla. Abrió la puerta y se vio un dormitorio. Luego agregó—: Resultaría extraño que no bajases a agradecérselo.

Miranda agarró su blusa y se la puso. Luego lo siguió al dormitorio. Él se miró en el espejo de la cómoda.

—¿Dante? —Por favor —musitó él, cerrando los ojos—. Tengo que volver a la realidad.

Miranda sintió esperanzas de que Dante no se hubiera apartado de ella por alguna otra razón, sino porque había llegado su hermano.

—Estamos casados —señaló ella.

—Sí. Pero tenemos un invitado.

—Estás muy rojo.

—¡Nos hemos agitado mucho jugando con Carlo! —pasó por su lado y le sonrió débilmente—. Baja cuanto antes.

—Hmmm. Tienes barra de labios en el cuello —murmuró ella.

Él se miró al espejo.

—¡Maldita sea! ¡No me he dado cuenta!

—Ven aquí.

Miranda sacó un pañuelo del bolsillo. Se acercó y, de puntillas, le limpió la mancha. Luego lo besó en la boca.

Él hizo un sonido gutural y sensual.

—¡Tengo que irme! —susurró. Luego gritó—: ¡Guido! ¡Ya voy! —y se marchó rápidamente de la habitación.

Miranda se dirigió a sus habitaciones en una nube de placer. Se cepilló el pelo y se aplicó barra de labios nuevamente. Luego se miró en el espejo y pensó qué distinta estaba con aquellos ojos brillantes y el brillo interior que la acompañaba.

Satisfecha, bajó a recibir a Guido.

—¡Guido! —gritó sonriendo. Dante tenía debilidad por su hermano pequeño.

Guido tenía el cabello rizado y algo más

corto que Dante. Extendió las manos hacia ella para saludarla.

—¡Miranda! ¡Estás estupenda! —respondió Guido.

Y entonces sucedió algo extraño. Ella lo miró a los ojos y sintió una alarma. Y tuvo que hacer un gran esfuerzo para no dar un paso atrás.

—¡Gracias! —respondió a Guido, quien la abrazó y la levantó en el aire.

A Miranda la invadió un pánico incontrolable

—¡Eh! ¡Bájame! —gritó Miranda.

Guido no parecía darse cuenta de que ella se sentía incómoda.

—¿Qué va a decir mi marido?

—Soy de la familia —protestó Guido, pero la soltó.

—¿Ha sido Carlo ése? —Miranda fingió oír un sonido proveniente de la habitación del niño, para apartarse de Guido—. Será mejor que suba. Volveré enseguida.

En el cuarto de baño se mojó la cara con agua fría. Cerró los ojos e intentó controlar sus náuseas.

No había comido nada que pudiera haberle sentado mal.

¡Qué extraña reacción! Era la primera vez que le pasaba aquello. ¿Qué le ocurriría?

Después de un momento de reflexión, se

quedó petrificada por el shock. No. ¡No era posible que estuviera...! ¡Embarazada!

Llevaba unos días de retraso, y ella era muy regular. Pero el mes pasado había habido una ocasión, al menos, en que Dante y ella habían hecho el amor, calculó. Había sido al regreso de un viaje de negocios de Dante. Parecía poco probable que se hubiera quedado embarazada entonces, pero no era imposible.

Pálida y mareada, se agarró al lavabo, sin saber si era algo para horrorizarse o para ponerse contenta. Lo que menos quería era que Dante volviera con ella porque fuera a tener un hijo suyo. No quería que se quedase con ella sólo porque fuera a dar a luz a otro miembro de la dinastía Severini, a su heredero.

Se tocó el vientre y sintió la emoción de poder tener dentro al hijo de Dante. Sería maravilloso, pensó, soñando despierta. Y rogó que estuviera embarazada. De todos modos, si lo estaba, no se lo diría a Dante ni a nadie hasta que estuviera segura de que Dante la quería.

Tenía que hacerse una prueba de embarazo. Pero, ¿dónde podía hacérsela, para que no se enterase media Italia? Sonrió, feliz y excitada nuevamente.

Radiante otra vez, Miranda bajó las escaleras y entró en el salón.

Los dos hombres dejaron de hablar, como si hubieran estado hablando de ella.

Enseguida Guido la volvió a irritar sin saber por qué.

Se sentó lejos de él. Dante le llevó una copa.

—Estás deslumbrante —le dijo.

Ella lo miró con los ojos brillantes de amor.

—Gracias —contestó Miranda.

Dante pareció mirarla con curiosidad. ¿Se le notaría?

Incómoda, bebió el champán que le acababa de dar. Y luego se arrepintió por si realmente estaba embarazada. Dejó la copa en la mesa dorada e intentó concentrarse en tener una actitud normal.

—¡Qué brillantes tienes los ojos! —exclamó Guido—. Pareces un anuncio de gotas para los ojos o algo así.

«¿Gotas para los ojos?», pensó Miranda. Y comprendió la indirecta de Guido.

—Estoy contenta. No necesito sustancias artificiales —dijo serenamente.

—¡Espero que no! —exclamó Guido, fingiendo horror—. He estado en demasiadas fiestas donde la gente desaparece y se marcha al servicio para esnifar cocaína, y vuelve con los ojos brillantes.

—Miranda sería incapaz de tomar drogas aquí —dijo Dante con firmeza.

Ella lo miró, agradecida.

—Es verdad. Destruiría nuestra relación, y eso es algo muy valioso para mí.

Dante se relajó. Y ella pensó que le molestaba que Guido sembrase la semilla de la duda en Dante. Y no comprendía por qué lo hacía.

—Guido ha traído algunas de tus cosas de Inglaterra —dijo Dante, cambiando de tema.

Ella se alegró de que lo hiciera.

—Supongo que tú eras el mensajero especial del que habló Lizzie, Guido. Gracias. Agradezco tu esfuerzo.

—No ha sido ningún problema. Lizzie me ha ayudado —Guido se echó hacia atrás en el sillón.

—¿Conoces tanto a Lizzie? —se sorprendió Miranda.

Guido sonrió afectadamente, y ella sintió rechazo.

—Igual que te conozco a ti.

No la conocía demasiado, entonces. Se sintió aliviada. Lo que menos quería era que Lizzie se viera envuelta en una relación con él.

Miró las manos de Guido, e inexplicablemente se encontró temblando. El placer de su posible embarazo se había visto ensombrecido por el rechazo que le producía la presencia de Guido.

—Le pedí a Lizzie que eligiera unas cuantas cosas que te fueran indispensables —le explicó Dante—. Y que se pusiera en contacto con Guido para que pudiera traértelas. El resto vendrá por transporte. Espero que te parezca bien.

—Sí, claro —luego se dirigió a Guido, por obligación—: ¿Cuánto tiempo piensas quedarte?

De pronto, los ojos de Guido se posaron en ella con tal descaro, que pareció que la estaba desnudando. No lo comprendía, se dijo Miranda. Era joven, guapo, viril, y probablemente tuviese a todas las mujeres que quisiera.

—Unos días, si os parece bien.

—Por supuesto.

Miranda intentó ser cordial con Guido por Dante, pero su instinto le decía que se alejara de él como del veneno.

Tal vez estuviera exageradamente sensible debido a su embarazo…

Había conocido a Guido en la oficina de Londres. Sabía que tenía fama de mujeriego. Pero jamás había sentido tanto rechazo por él, si bien nunca le había gustado.

—El tiempo está horrible en Inglaterra.

Espero poder tomar el sol en la piscina con vosotros.

La idea de mostrar su cuerpo a Guido no le gustó.

—Primero tenemos que ponernos al tanto en los negocios, Guido. Luego podremos tomarnos un día de descanso y expansión fuera —Dante se volvió a Miranda—. No has estrenado ese bikini todavía, ¿no?

Ella sonrió, pensando en fingir dolor de cabeza ese día, o ponerse el traje de baño de una pieza mientras estuviera Guido.

—Ése es para tus ojos solamente —dijo ella, temblorosa.

—¡Qué interesante! —dijo Guido—. ¿Es muy escotado?

Ella empezó a toser, para cambiar de tema.

—Oye, Guido —Miranda no aguantó más y se levantó de repente—. Espero que no te lo tomes a mal... Sé que acabas de llegar, Guido, pero estoy muy cansada. Creo que me iré a la cama, o mañana no podré ocuparme de Carlo —sonrió a ambos—. Buenas noches, querido —deliberadamente rodeó el cuello de Dante con sus brazos y le dio un tierno beso en la boca.

Él la abrazó y apretó más su boca, como si quisiera besarla más profundamente. Luego la soltó.

—Buenas noches, Miranda —le dijo.

—No te quedes despierto hasta tarde —le dijo ella.

—No —le prometió Dante—. No lo haré.

Miranda presintió que Guido estaba molesto, y ella pasó por su lado muy rápidamente, por si quería él también un beso de buenas noches.

—Buenas noches —le dijo.

—Te mostraré algo de lo que te he traído, por si lo necesitas ahora.

Ella sintió un nudo en la garganta.

—No te molestes. Puedo arreglarme con lo que tengo.

Pero Guido estaba detrás, siguiéndola. Y tuvo que darse prisa por la escalera para alejarse de él.

Cuando ella ya estaba arriba, Guido murmuró:

—Dice Dante que habéis arreglado vuestras diferencias. ¿Te ha perdonado por serle infiel, entonces?

—Yo no fui infiel —gritó ella, indignada—. Ya te lo dije cuando viniste a verme después de que él desapareciera.

—Bueno, tienes que admitir que hasta tu versión de los hechos levanta sospechas. Dante es un santo por poner el honor de la familia en un segundo plano. Acabo de decírselo.

Indignada, Miranda se dio la vuelta para mirarlo.

—Estamos tratando de solucionar nuestras vidas, Guido —dijo fríamente—. Creo que podrías dejarnos que lo resolviéramos nosotros.

Guido la miró de arriba abajo de un modo casi insultante, y ella no pudo evitar temblar.

—Ya veo por qué quiere perdonarte aunque no pueda olvidar. Sería un tonto si no quisiera volver a tenerte en su cama. Ese cuerpo tuyo tentaría hasta a un monje, aunque me imagino que él se debe de despreciar por ceder a sus instintos. Dante tiene un alto concepto de la moral —suspiró—. No creo que pueda borrar tu infidelidad de su mente. Cada vez que te haga el amor, se acordará de tu amante y se preguntará si estará a su altura...

—¡Creo que ya has hablado bastante! —susurró ella, pálida de rabia.

—Me preocupa el bienestar de mi hermano —hizo una pausa. Luego preguntó—: ¿Estás segura al cien por cien de que no había ningún hombre contigo esa noche?

Ella lo miró, incapaz de contestar. Tuvo el recuerdo de un aliento caliente en su cara, y unas manos ásperas.

Miranda abrió mucho los ojos, horrorizada. No. No estaba segura. Se estremeció al ver la mirada de triunfo de Guido.

—Ya ves —murmuró—. Y otra cosa que me preocupa... ¿Piensas vaciar su cuenta bancaria?

—¡Cómo te atreves! —susurró ella, furiosa.

—No puede haber otra razón para que estés con él. Ninguna mujer estaría junto a un hombre que la desprecia.

—Eso lo dices tú.

—Te equivocas. Lo dice él.

Guido se acercó y la miró intensamente. Ella se quedó paralizada junto a la escalera. Sabía que le iba a decir algo desagradable, pero ella tenía curiosidad.

—¿Por qué dices eso, Guido? —preguntó.

—Acaba de decírmelo. Está contento porque ahora tiene la herencia, el título y un hijo. Y los servicios de una mujer sexy cuando quiera.

—Yo... ¡No te creo!

—Te digo la verdad, te lo aseguro —siguió Guido—. Tú no sabías nada del testamento de nuestro tío, ni sus condiciones, hasta que te lo expliqué yo. Dante te lo ocultó. Yo soy la única persona en la que puedes confiar que te diga la verdad. Recuérdalo, Miranda, cuando...

—¿Necesitas ayuda para subir el equipaje?

—gritó Dante desde abajo.

—No me hace falta nada de lo que hay ahí.

Miranda ya no sabía qué creer de Dante.

—De todas formas voy a subir —Dante subió y dio una palmada en la espalda a Guido—. Tu habitación es la segunda a la izquierda. Te veré por la mañana para hablar de negocios. Sírvete lo que te haga falta. Estás en tu casa.

Guido miró brevemente a Miranda.

—Eres muy generoso —respondió con una sonrisa cínica—. Gracias por el ofrecimiento. Lo haré.

Ella sintió un escalofrío en la espina dorsal. Los hermanos se abrazaron y se dieron las buenas noches. Mareada y asustada, Miranda se dio la vuelta y siguió su camino.

Guido tramaba algo. Se había puesto en su contra y no comprendía por qué.

Pero no obstante, no podía decírselo a Dante. Él siempre había protegido a su hermano menor. Tal vez ella tuviera que conocer más a Guido, descubrir qué le hacía comportarse así.

Dante fue a su lado y le rodeó los hombros. Ella alzó la mirada, agradecida por la ternura de su gesto.

—Estás pálida —murmuró—. ¿Estás cansada realmente?

Ella lo miró esperanzada. Dante quería hacerle el amor.

—¡No! Sólo que no quería pasar toda la noche hablando con Guido.

—¿Prefieres dormir? —le preguntó él, bromeando, en tono seductor.

¿Cómo podía resistirse a él? Pero debía hacerlo, puesto que dudaba de Dante.

—Estaba pensando en algo más importante —empezó a decir Miranda.

—Yo también. Podríamos jugar a algo... —Dante agarró su trasero.

—¿Como qué?

—Al escondite. A corre que te pillo...

—¡Dante! —gritó ella.

Él se rió y le besó el cuello. Abrió la puerta doble que daba a su suite y la besó más profundamente. Pero ella quería saber si aquello era sólo sexo. Tenía que ser más.

—Ëbamos a hablar —le recordó ella, apartándolo levemente.

—Más tarde. Te deseo.

Ella sintió una gran alegría. Dante bajó la cabeza para besarla, pero ella se apartó.

—¡Por favor, Dante!

—¿Qué ocurre?

Tenía que ser directa. Aclarar todas sus dudas.

—¿Por qué me deseas?

—¿No es evidente?

—Buscas sexo. ¿Hay alguna otra razón?

Él suspiró y respondió:

—Varias.

—Tú me dijiste que yo era mercadería en mal estado.

Dante torció la boca.

—Miranda, ven y siéntate.

Dante tomó su mano y la llevó al sofá del salón de su suite. Se sentó a su lado y le dio un beso en los labios. Luego agarró sus manos firmemente.

—Recuerdo que me dijiste que nuestro matrimonio estaba basado en el sexo, no en el amor... —insistió ella.

—Bueno, sí... —dijo él, decepcionándola—. Me refería a ti. Pensé en aquel momento que tú te habías casado por mi dinero. Ahora estoy seguro de que no fue así. Creo que me amabas.

Miranda lo miró a los ojos, intentando comprender las implicaciones de aquello.

—Entonces, ¿no quisiste decir que tú habías tenido sexo sin amor?

—No, jamás. Hubiera sido más fácil para mí si eso hubiera sido así.

Ella sonrió, radiante. Dante la había amado desde el principio. Guido estaba equivocado... O había mentido. Pero, ¿por qué? Y aún decía que Dante la estaba utilizando.

—Yo... Tengo la impresión de que estabais hablando de mí cuando entré en la sala —dijo, nerviosa.

—Es verdad. Guido me preguntó si era feliz y le dije que tenía todo lo que quería…

—¿La herencia? ¿Carlo? ¿Una mujer para calentarte la cama? —dijo, angustiada.

Dante parecía en estado de shock.

—Jamás te describiría de ese modo, ni ante mi hermano. ¿Es eso lo que piensas, Miranda?

—No sé qué pensar —gritó ella apasionadamente—. Me confundes. Te pasas el tiempo mandándome señales contradictorias, ¡me vas a volver loca! No sé a qué atenerme. Dime la verdad. ¿Qué sientes por mí en este momento?

—Estoy tan confuso como tú —gruñó—. Miranda, ¡evocas tantas emociones en mí! ¡Tal conflicto de sentimientos! Cuando te hice la proposición de que vivieras con Carlo y conmigo, te odiaba tanto, que no era problema para mí hacer un trato contigo por interés. Pero he descubierto que quieres a Carlo. Y eso es lo principal para mí. Ha cambiado mi opinión sobre ti —Dante bajó la mirada.

Luego cuando la alzó, sus ojos estaban brillantes.

Ella se estremeció.

—¿Qué piensas de mí ahora? —le preguntó Miranda.

158

—Estoy dividido. No he sido capaz de reconciliar lo que he sabido de ti con el modo en que te comportas conmigo.

—¡No sé quién ha querido envenenar tu mente con mentiras! ¡Pero se equivoca! Esa noche me sucedió algo extraño…

—No empieces, Miranda. No quiero recordar esa noche. ¡Fue la peor noche de mi vida!

—¡Y de la mía! —susurró ella.

—Debemos olvidar aquello —dijo él.

—¿Puedes olvidarlo?

—No —respondió él—. Me obsesiona… Como a ti. Es muy difícil borrar un momento tan traumático.

—¡Lo sé! —exclamó ella.

—Lo superaremos juntos —siguió Dante.

Ella lo miró, esperanzada.

—Tengo que confesarte, Miranda, que he estado atormentado desde que llegaste —dijo apasionadamente—. Aunque lo intentaba, no podía dejar de pensar en ti. No podía alejarme de ti. Deseaba tocarte cada vez que te veía. Besar tu dulce boca… Una y otra vez. Te deseo —la besó otra vez—. Quiero estar contigo. Que vivamos como marido y mujer.

—¿Porque quieres tenerme en tu cama? —preguntó ella.

—¡Sí! Y…

—¿Y?

—Y porque te quiero —terminó Dante.

—¿Quieres decir que me quieres? ¿Que sientes amor?

Miranda esperó, ansiosa, su respuesta. Dante parecía estar pensando. Ella sintió pánico. Seguramente él debía saber si la amaba o no. ¿Por qué dudaba tanto?

—Soy un tonto. Te he odiado por esto. Por hacerme tu prisionero. Pero la respuesta es «sí» —Dante tiró de ella hacia él.

Fue una explosión de pasión. Salieron del salón y pasaron por la habitación de Dante, donde dormía Carlo. Parte de su ropa había quedado tirada en la alfombra del salón.

Cuando llegaron a la suite de Miranda, se desnudaron hambrientamente, sin esperar siquiera a llegar a su dormitorio, sino que se tumbaron en la alfombra y en un lío de brazos y piernas, como si hubieran estado privados de sexo y amor durante años.

Miranda no podía saciarse de él. Su cuerpo se derretía al lado de Dante. La desesperación de su pasión la llevó a pedirle que la besara y que la tocara en distintas partes de su cuerpo.

Y él obedecía, con el mismo ardor que demostraba ella, con el mismo deseo. Él la estaba devorando, y ella se hacía cada vez más pequeña, se derretía más, mientras él la acariciaba, y la besaba, y ella lo lamía, y lo mordía suavemente, saboreando la esencia del hombre que amaba.

—¡Ahora! —gimió ella, atormentada de placer por sus caricias.

La lengua de Dante la exploró. Ella gimió de deseo. Agarró su cabello y lo hizo colocarse encima de sucuerpo. Él la miró, y al ver la pasión en sus ojos, gimió también.

Entonces ella cerró los ojos, porque sintió el sedoso calor de Dante dentro de ella, y lo abrazó fuertemente. No podía creer que estaban juntos otra vez. Flotaba en un mundo de goce y felicidad. Y como siempre, se movió voluptuosamente debajo de su cuerpo, mientras él la penetraba rítmicamente, y llenaba de dulce placer cada una de sus células.

Él le susurró algunas palabras en italiano con voz ronca. Ella no sabía qué querían decir. Pero le sonaron tiernas y cariñosas, y entonces ella le declaró su amor, su adoración por él y gritó su nombre.

La ascensión hacia la cima del placer fue feroz, profunda. Juntos galoparon febrilmente en interminables oleadas de placer. Luego Dante la abrazó con fuerza, murmurando algo desesperadamente.

Su voz y su cuerpo la inundaban.

—Mírame —le dijo Dante—. ¡Di mi nombre!

—¡Dante! —susurró ella.

Ella lo observó con amor llegar a su punto más alto, y cerrar los ojos en el éxtasis del último momento. Turbados por la intensidad de aquella relación, lentamente volvieron a la cordura. Y con los cuerpos entrelazados, se quedaron acostados, satisfechos y en paz.

Aquello era la verdadera felicidad, pensó ella, soñando despierta. Carlo, Dante, ella, y el nuevo bebé, viviendo juntos, amándose y riendo, pasando los años felizmente.

Los había perdido una vez, pero no los volvería a perder. Dante y ella se harían viejos juntos, viendo crecer a Carlo y a su bebé, y a otros hijos, viéndolos montar en bicicleta, ir a su primer baile, a la escuela, a la universidad, casarse, y tener hijos...

Nada, nada, se prometió, le robaría esa felicidad. Era lo que siempre había deseado. Experimentar el verdadero amor. Tener una familia que la amase, y a quien amar. Un paraíso para ella.

Se despertó con la pesadilla de siempre, presa del pánico, reprimiendo las náuseas.

Aquellas manos en sus brazos, esas piernas masculinas llenas de vello oscuro...

Sabía que Dante estaba dormido y no quería despertarlo. Así que se reprimió las ganas de gritar de terror.

En la oscuridad, luchó por no volver al recuerdo de aquellas sensaciones. Pero las confusas imágenes volvían una y otra vez. Pero aquella vez apareció una cara inclinada encima de ella, con desagradable claridad, queriendo besarla, mientras ella no podía hacer nada más que esperar a que lo hiciera.

Era un rostro conocido. Sintió un nudo en el estómago. Contuvo la respiración, y su cuerpo se paralizó de horror.

¡Era Guido!

Los ojos de Guido. Su boca triunfante. Se estaba riendo mientras ella permanecía allí tumbada, inerte, incapaz de pararlo. Recordó que en aquel momento había oído el tintinear de un vaso. La impaciente mano lo había apartado. Y ella recordaba que había girado la cabeza lentamente, y había visto dos copas y una botella de champán. Y luego había perdido el conocimiento.

Impresionada por lo que acababa de descubrir, respiró profundamente y exhaló lentamente.

¿Había estado borracha? ¿Había esnifado cocaína? ¿Habría sido por eso por lo que había estado tan pasiva?

Y… ¿Qué había sucedido después? Intentó hacer memoria. No recordó nada. Sólo terribles sospechas.

—¡Oh, Dios mío! —susurró—. ¡Por favor, no!

No podía ser que ella le hubiera permitido...

Sin embargo... Ahí estaba la prueba. Aterradora.

Por eso Guido se había comportado tan extrañamente y ella había sentido tanto rechazo hacia él. Guido sabía lo que había pasado y había intentado enfrentarla a Dante.

—¿Cariño?

—¡Oh! —Miranda se sobresaltó.

Se encontró envuelta en los brazos de Dante y oyó su melodiosa voz preguntando:

—¿Otra vez esa pesadilla?

Ella asintió. No podía hablar. No se merecía su comprensión. Quizás no se merecía a Dante. Tal vez lo había traicionado. No había habido violación. Pero tal vez, en su estado, hubiera permitido a Guido...

Desesperada, sollozó. Dante la abrazó y acarició su pelo, diciéndole que todo se pasaría, que él estaba allí con ella. Miranda sintió náuseas y tuvo que levantarse al cuarto de baño, donde devolvió hasta caer en el suelo, temblando.

De pronto sintió que alguien la cubría con mantas y le secaba la frente y la protegía.

¡Oh, qué desgraciada era! ¡No se merecía

el amor de Dante!

De pronto recordó lo que había dicho Guido, que conocía a Lizzie tanto como a ella… «¡Oh, Lizzie!», pensó. Tenía que advertírselo a su hermana.

—Ven a la cama —Dante la levantó en brazos. Ella estaba tan débil que no era capaz de objetar—. Mañana por la mañana te verá un médico —le dijo él.

—Sí… —susurró. Pero se puso tensa.

—¿Qué ocurre? ¿Otra vez la pesadilla?

Ella asintió.

—Estás a salvo conmigo. Yo te cuidaré —la besó en la frente.

Pero realmente ella no estaba a salvo. Y él no la habría cuidado si hubiera sabido la verdad.

Porque, si estaba embarazada, podría llevar un hijo de Guido en su vientre.

Capítulo diez

AFORTUNADAMENTE al día siguiente se levantaron antes que Guido. Él había dejado el salón hecho un desastre. Había dos botellas de champán en el suelo, una copa rota, restos de comida en los cojines y el brocado de las sillas y manchas de los zapatos puestos en el sofá. Además, en la alfombra había dejado los zapatos y un par de calcetines que se había quitado.

Miranda no le dijo nada a Dante de aquello. Le daba náuseas limpiar lo que había dejado Guido, así que pidió a la criada que lo hiciera y luego fue a desayunar con Carlo y Dante.

—No tienes buena cara, cariño —le dijo Dante, preocupado.

—Tengo dolor de cabeza.

—Yo me ocuparé de Carlo —la hizo sentarse en una silla—. Tómate una infusión —le sirvió una manzanilla y le acercó la fruta—. Come algo, *mia cara*.

Miranda comió una fresa, luego otra. Miró a su esposo y a su hijo. La vida sería un infierno sin ellos… No quería perderlos.

Si se marchaba, su hijo sufriría. Carlo la necesitaba.

Algún día tendría que contarle a Dante lo que había sucedido aquella noche. Pero, ¿le creería? Dante adoraba a su hermano. Y ella destruiría ese amor. No sabía si nombrar a su hermano...

—Si sigues frunciendo el ceño vas a terminar con arrugas —le dijo Dante.

—Entonces ya no te atraeré... —contestó ella. Dante le tomó la mano y contestó: —Yo siento pasión por ti, por la persona que eres. Tu belleza es un extra. Te querré tengas arrugas o no. ¡Qué ironía! Ahora que él le demostraba su amor, tenía que perderlo.

Quizás no estuviese embarazada. No diría nada hasta poder hacerse la prueba. Tal vez hiciera una excursión a Como, donde no la conocían.

¿Y si estaba embarazada?

Se estremeció.

—Voy a subir a lavarme los dientes —dijo ella, quitando la mano—. Os veré en el vestíbulo.

—No hay problema —contestó Dante—. Si no te apetece ir, llevaré yo solo a Carlo a la guardería.

—No. Quiero ir. Me vendrá bien tomar un poco de aire fresco. No quería perderse ni un minuto de la vida de Carlo. Se detuvo

167

en la puerta y observó a padre e hijo riendo, sin preocupaciones. La vida parecía perfecta viéndolos a ellos.

Todo dependería de la prueba de embarazo. Si daba negativo, le contaría todo a Dante y volverían a su antiguo acuerdo.

Si daba positivo… Callar sería una tortura para ella. No podía dejar que Dante asumiera que era el padre de la criatura, cuando podría ser de Guido. Tendría que contarle sus dudas. Se estremeció al pensarlo.

¿La echaría de la casa entonces? Pero ella era una luchadora. Saldría de aquello, paso a paso. Primero la prueba de embarazo. Hizo un esfuerzo por Carlo, y bajó con una sonrisa.

El día estaba nublado. El lago reflejaba el gris metálico del cielo. Ella se sentía gris, como el día. Pero estaba acostumbrada a ocultar su estado de ánimo, y Dante no notó nada.

Dante hablaba con naturalidad de Guido y de que harían algunas actividades juntos. A ella la idea de que Guido estuviera cerca de Carlo no le agradó. No quería que su hijo recibiera la más mínima influencia de aquel hombre.

—Te veré más tarde, cariño —se despidió Miranda de su hijo al llegar a la guardería.

—*Certo!* —gritó el niño.

—Guido y yo tendremos que darte clases de italiano para que puedas hablarlo con Carlo —dijo Dante, divertido.

—No, sólo tú, por favor —dijo ella enseguida.

Dante se rió y la abrazó.

—Empezaremos con las partes del cuerpo —agregó él, mientras caminaban de la mano.

—¡Dante! ¡Compórtate! ¡Enséñame cosas prácticas!

—¡Eso es lo que intento!

¡Ella lo amaba tanto!

—Mira el paisaje —le dijo ella, buscando una excusa para detenerse. Su corazón estaba tan sobresaltado que no tenía fuerzas para caminar.

—Maravilloso —dijo él, mirándola.

—¡Las montañas, Dante! —exclamó ella.

Dante le rodeó los hombros.

¿Por qué tenía que ser tan atento y cariñoso justo ahora?

Desde las escalinatas empedradas se podían ver las montañas nevadas. Debajo, alguien hacía esquí acuático, formando rizos en el lago de plata.

—Es Guido —dijo él.

Ella miró.

—Es muy bueno —respondió ella.

Aquélla era la oportunidad de saber más

acerca del hermano de su marido.

—Cuéntame cosas de Guido.

Dante pareció complacido.

—Me alegra ver que se lo pasa bien, el pobre. Tuvo una infancia un poco dura.

—¡Oh! ¿Por qué?

—Fue una cuestión de favoritismo. Yo fui el favorito, tanto para mi madre como para mi padre. Y mi tío hizo lo mismo. Debe de haber sido duro para él. Yo era el hermano mayor, con todas las ventajas que supone. Fui el primero que tuvo una bicicleta. El primero a quien se permitió beber un vaso de vino, salir hasta tarde.

—Quizás tú fueses el favorito porque eras encantador.

—¡No! —Dante pareció sorprendido—. Porque era el heredero. El primogénito. Eso hacía que fuera especial para mis padres. Yo compartía las cosas con Guido, pero no era lo mismo que ser el favorito.

—Debió de tener celos de ti.

Ella había notado envidia en los ojos de Guido.

—Bueno, es humano.

—¿Tiene muchos amigos? —preguntó Miranda, recordando cómo se solía entrometer en las actividades de tiempo libre de sus compañeros de trabajo de Londres.

—No muchos. Cuando, de pequeños, querían pelearse con él, yo tenía que protegerlo para que no lo chuleasen los otros niños.

—¿Se peleaban con él sin motivo?

Guido debía de haber sido una buena pieza, pensó ella.

—Solían decir que él les había pegado primero, o que les había quitado cosas —el gesto de Dante se ensombreció—. Pero Guido decía que mentían. Y yo, como era natural, le creía a él. Yo sabía que Guido no era capaz de manchar el nombre de la familia robando.

Ella se debatía entre la idea de decirle en un futuro que su hermano era un mentiroso, o permanecer callada.

—Lo quieres mucho.

—Sí. Tengo un sentimiento protector hacia él. Yo he tenido todas las ventajas en la vida. En el colegio me iba mejor, y en la universidad. Mi tío no tuvo hijos. Fue como un padre para mí cuando murió mi padre. Pero nunca tuvo demasiado tiempo para Guido. Mi hermano sufrió por mi causa, sobre todo, en cuanto a mujeres se refiere.

Miranda sintió un nudo en el estómago. Aquélla era la clave del comportamiento de Guido con ella.

—¿Qué… A qué te refieres?

—Yo siempre tenía citas. Luego me di cuenta de que era porque era «un buen partido». Un hombre con un prometedor futuro. Fue por eso por lo que no te hablé de la herencia. Porque quería que me quisieras por mí.

—Y lo hice. Y lo hago.

Dante le apretó la mano.

—Me considero afortunado por ello. ¡Pobre Guido! El hecho de ser el hermano menor y no el heredero, parece haberle influido con las mujeres.

—Comprendo.

No le sorprendía. Ella había oído comentarios en la oficina acerca de él.

—Tengo que confesar que una vez le hice algo horrible —dijo Dante.

Miranda se puso tensa.

—¿Qué?

—Le quité a su chica —suspiró—. Yo no sabía que él estaba enamorado de ella. No lo sabía. Vino a un picnic de la familia, y congeniamos tan bien que luego empezamos a salir. Guido nos vio... aunque no habíamos intentado ocultar nuestra relación. Y se puso como un loco. Hasta me amenazó con un cuchillo. Yo me quedé consternado. Pasó mucho tiempo hasta que se convenció de que no lo había hecho deliberadamente.

—Sea como sea, para él, le robaste a la mujer que quería.

—Lo sé. Y desde entonces he intentado

arreglar las cosas con él. Espero que algún día conozca a alguien especial.

—Eres un buen hombre —dijo ella, temblorosa.

—Intento serlo. Bueno, ya hemos hablado suficientemente de mi hermano. Llamaremos al médico para que te vea mientras Guido y yo hablamos de negocios. Luego, si se van esas nubes, podemos salir a tomar el sol junto a la piscina. ¿Qué te parece?

Ella hizo un esfuerzo y sonrió.

—Bien.

Y se preguntó cómo podía hacer para no ver a Guido.

—Deberías celebrar una fiesta —le estaba diciendo Guido a Dante cuando ella bajó a la piscina.

—¡Excelente idea! —respondió Dante, con una sonrisa.

Guido estaba tendido al sol, al lado de la piscina, con una pierna metida dentro del agua.

Cuando Dante la vio, corrió a su lado y la abrazó.

—Te he echado mucho de menos —le dijo—. Ven, siéntate. Estamos planeando organizar una fiesta. ¿Qué te parece?

Miranda había tenido la precaución de

ponerse el traje de baño de una pieza, y se había envuelto en un albornoz. De todos modos se sentía incómoda, y tenía la sensación de que Guido intentaba traspasar la tela de toalla.

—Es buena idea —contestó—. Pero tendré que ir a Como a comprarme algo de ropa.

—¡Mujeres! —exclamó Guido—. Siempre dispuestas a gastar nuestro dinero...

—Tenía intención de gastar el mío —respondió ella.

—¡Ni se te ocurra! Usa la tarjeta de crédito que te he dado. Cómprate lo que quieras —comentó Dante—. Puedes invitar a Lizzie y a tus amigos, y a gente de la oficina, si quieres. Dime quién quieres que venga y les enviaré los billetes. ¡Celebraremos una fiesta fantástica! Muy buena idea, Guido.

—Habrá baile. Con orquesta en el salón, y quizás otra más íntima en la terraza, para que podamos bailar fuera. ¿Qué opinas, Miranda? ¿Te gustaría? ¿Bailar con tu amante bajo las estrellas? —preguntó Guido.

Miranda cerró los ojos antes de contestar a semejante idea nauseabunda de un amante que no fuera Dante, porque sabía que Guido no se refería a él.

—¿Qué te parece, cariño? —insistió Dante—. ¡Eh! ¿Estás dormida? Debes de tener calor ahí. Ven aquí.

—Tengo calor. Creo que me daré un baño.

—¡Yo también! —exclamó Guido. Se levantó y se zambulló en el agua.

Miranda se quedó fuera, disimulando su estremecimiento.

—¿En qué estás pensando? —preguntó Dante.

—En una cosa.

—¿Qué?

Guido le hacía señas desde la piscina para que se metiera al agua.

—Mis pesadillas. Estoy intentando superarlas. El doctor me ha dado unas pastillas para dormir... aunque no quiero tomarlas... También me ha dicho que tengo que intentar descubrir por qué tengo esos sueños.

—Miranda, yo no...

—Sé que no quieres hablar de ello. Que es un episodio que quieres olvidar y relegar al pasado —dijo, temblorosa—. Pero para mí, no se ha acabado. No seré libre hasta que no me haya enfrentado a mis fantasmas.

—¿Aunque descubras algo que mantenías oculto? —preguntó Dante.

Así que no estaba seguro de su inocencia.

—Lo que quiero que hagas es que me digas exactamente qué sucedió desde tu punto de vista. Es muy importante para mí

—al ver que no contestaba, Miranda sintió pánico—. ¡Dante, por favor! ¡Podrías ayudarme!

—¡Venid! —gritó Guido—. ¡Meteos!

Apenado, Dante asintió y le gritó:

—¡Más tarde! ¡Diviértete!

—¿Me ayudarás? —preguntó Miranda.

—Sí. Ven. No podemos hablar de esto aquí —Dante la hizo sentarse—. Creo que será mejor que entremos para hablar. Estás muy pálida. Pronto la gente empezará a comentarlo. Tienes que dormir, o tu salud se resentirá. Eso no será bueno ni para ti ni para Carlo.

Miranda se puso de pie. Al parecer, él aún estaba preocupado por los cotilleos de la gente. Ella se sentía tan insegura de él. Y seguiría así hasta que la verdad saliera a la luz.

—Gracias —dijo él en un tono amable.

La había decepcionado, porque no la amaba incondicionalmente.

Dante recogió su albornoz y se lo puso. Por el rabillo del ojo, Miranda vio que Guido la miraba.

Caminaron abrazados. Y ella, aunque con dudas, se sintió segura.

—Iremos a la biblioteca —dijo él, abriendo la puerta.

La llevó al sofá.

—Dante, por favor. No podemos evitar esto.

—Lo sé. Lo he intentado. Bien sabe Dios que lo he intentado —dijo Dante respirando profundamente—. Ha sido la única manera de poder reconciliarme con mis sentimientos hacia ti.

—Dime qué pasó.

—Yo había estado en Milán, ocupándome de los asuntos de mi difunto tío —ella asintió. Dante prosiguió—: Viajé de regreso en un vuelo más temprano de lo que tenía planeado, porque quería llegar a casa para verte.

—¡Qué alegría oír eso! —exclamó ella, sin poder contenerse.

—No. No fue una buena idea. Había rumores de que tú no te ocupabas de Carlo como era debido, mientras andabas por ahí con un amante.

—Y creíste que no me encontrarías en casa.

—Sí. Tenía que saber la verdad. Era una tortura para mí. Cuando estaba de camino a casa, Guido me llamó al móvil...

—¿Guido? —se sobresaltó ella.

—Sí. Me dijo... me dijo que tenía que volver de Italia cuanto antes, sin saber que yo ya estaba en el país. Y entonces me contó que había ido a verte y que te había encontrado borracha en la cama...

—¡Espera un momento! ¿Guido entró en nuestro apartamento? ¿Cómo?

—Yo le había dado una llave para cualquier emergencia, por si estábamos fuera y se disparaba la alarma de robos. Hace falta alguien que tenga llave. Me dijo que él tenía la sospecha de que tú estabas viéndote con un amante mientras yo estaba fuera. Y quería comprobarlo.

Miranda estaba furiosa por dentro.

—Sigue —le dijo ella fríamente.

—Él no lo sabía, pero yo estaba sólo a diez minutos de casa —continuó, tratando de controlar su tono de voz, pero se notaba que al revivir los hechos de aquel día se iba llenando de rabia—. La escena que me encontré fue la que te he descrito otras veces. No hagas que te la describa otra vez. ¡La tengo grabada en mi cerebro! —exclamó con resentimiento.

—Es la primera vez que me dices que Guido estaba allí cuando llegaste.

—Menos mal que estaba él. Tú no estabas en condiciones de abrir la puerta.

Miranda se encogió con aprensión.

—¿Cómo estaba Guido? Descríbelo.

—¿Para qué diablos quieres que lo haga? ¿Qué sentido...?

—¡Necesito saberlo!

Dante trató de recordar.

—Supongo que estaba impresionado por lo que había descubierto.

—¿Por qué dices eso?

—Porque estaba despeinado, algo poco habitual en él, y bastante alarmado.

—¿Qué más?

—Recuerdo que respiraba entrecortadamente. Casi no podía hablar, tartamudeaba... Seguramente por lo embarazosa que era aquella situación. Me acuerdo que se alisaba el cabello todo el tiempo y bebía whisky para calmar sus nervios.

Porque Dante había llegado antes de lo que él esperaba, pensó Miranda. Tal vez...

Estaba segura de que Guido debía de haberle puesto algo en su copa para que perdiera la consciencia. ¿Habría interrumpido Dante la violación que había planeado? ¿Por eso Guido había estado tan agitado? Era posible que hubiera oído llegar a Dante y hubiera tenido que vestirse a toda prisa antes de que Dante llegara a la habitación.

Quizás no la hubiera violado. Se llevó la mano al vientre. Tal vez no estuviera embarazada. Deseaba con toda su alma que así fuera. Si tenía otro hijo, quería que naciera del amor y de la ilusión.

—¿Qué dijo exactamente? —preguntó, nerviosa.

¿Habría sido un plan de Guido para arruinar su matrimonio y hacer daño a Dante y vengarse de él?

—Se puso muy protector conmigo —dijo Dante—. Se solidarizó conmigo, y me instó a que salvase el honor de la familia y a que me fuera con Carlo inmediatamente —se peinó con los dedos y se apoyó en los cojines, dejando escapar un suspiro—. Fue como si me hubiera arrollado un tren y me hubiese aplastado completamente. No sabía qué hacer. Él me aconsejó, tratando de ser objetivo. Jamás olvidaré lo que hizo por mí esa noche, organizando mi vuelo, ayudándome a recoger las cosas de Carlo, escribiéndote un correo electrónico en el que te explicaba...

—¿El correo electrónico lo escribió él? —preguntó ella, sorprendida.

—Yo era incapaz de pensar con claridad. Pero le dije lo que tenía que poner...

—Que... —la voz de Miranda se quebró—. ¿Que podía ganarme la vida como prostituta?

Miranda esperó su respuesta. Cuando vio su expresión de asombro, se la imaginó.

—¡Jamás se me hubiera ocurrido pedirle que pusiera eso! —respondió Dante, indignado.

—Yo tengo el correo electrónico —repuso ella con voz temblorosa. Al menos tenía una prueba del odio de Guido—. Lo guardé por si tenía que presentarlo en los tribunales. Puedo mostrártelo.

Dante hizo un gesto de dolor. Luego miró sus manos, apretadas en un puño.

—Lo siento. Siento lo que hizo. Debía de estar impresionado por tu comportamiento. Yo estaba aturdido. No hacía más que beber café mientras tú estabas en la cama... —su voz se fue apagando—. Miranda, no puedo seguir con esto. No quiero continuar —parecía obsesionado.

Miranda estaba al borde de las lágrimas.

—¡Oh, Dante! ¡Debe de haber sido un momento terrible para ti! Siento haberte obligado a revivirlo, pero me ha ayudado a aclarar las cosas. Gracias.

Miranda se tapó la cara con las manos. Guido había enviado ese correo electrónico. Y se había asegurado de que Dante se marchase antes de que ella volviera en sí y pudiera declarar su inocencia. Era un personaje malévolo.

—¡Dios bendito! —susurró Miranda, deseando confiarle la verdad.

Observó a Dante entre sus dedos, deseando que él pudiera adivinarlo. Dante frunció el ceño. Dudó, y luego extendió una mano hacia ella. Con un sollozo, ella se acurrucó en su pecho, y él empezó a acariciarle el cabello.

—No pienses en ello —le aconsejó Dante.

—Pero quiero que te des cuenta de que alguien me emborrachó, tal vez mezcló alcohol en un refresco —comentó Miranda, revelando tanto como podía—. O me pusieron alguna droga en la bebida…

—Miranda… —gruñó él.

—No, por favor, escúchame. Tú te has dado cuenta de que los rumores sobre mi negligencia como madre son falsos, ¿no es verdad?

—Sí. Excepto…

—Esa sola vez. Pero estamos de acuerdo en que esa vez pasó algo peculiar, tal vez algo fuera de mi control…

—No comprendo que…

—Dante… —ella lo miró a los ojos.

Quería decirle que si esos rumores no eran ciertos, también podía ser mentira que ella hubiera tenido un amante. Quería que él sacase la conclusión.

—Lo único que puedo decirte es que jamás te he sido infiel. Sea lo que sea lo que pasó esa noche, no lo hice yo.

—¡Pero algo te sucedió a ti! ¡No podemos fingir que no ha sido así! ¡Yo vi las consecuencias! —Dante se puso de pie—. *Che Dio mi aiuti!* Perdóname. Yo no quería hacer esto. No quería recordar. Creo que necesito estar solo un rato. No podemos estar hablando de esto todo el tiempo. Me está destruyendo. Pienso en tu cuerpo en brazos de otro hombre... —hizo un gesto de enfado—. No sabes lo que me produce eso... Voy a salir fuera...

—¿Dónde? —gritó ella, ansiosa.

—No lo sé. ¡A cualquier sitio! Dile a Guido que me disculpe.

Dante salió antes de que ella pudiera levantarse. Parecía dispuesto a creer que ella no había estado con otro hombre deliberadamente, pero creía que la habían violado. Y no podía soportarlo.

Sería terrible para él saber lo que había hecho su hermano. Pero ella no podía permanecer impasible.

Caminó de un lado a otro de la habitación, carcomida por el sentimiento de injusticia. Sentía rabia y frustración. De pronto se detuvo. Ya no le tenía miedo a Guido. Era un ser mezquino y bajo. No merecía su miedo.

Salió enérgicamente de la biblioteca y subió a cambiarse a su habitación. Era hora de salir.

Vestida con una camisa blanca y unos pantalones de lino, bajó a la piscina, donde Guido estaba tomando el sol.

Observó su piel aceitosa cubierta de crema. Le dio asco que aquella «cosa» la hubiera tocado alguna vez.

Deliberadamente agarró la jarra de limonada con hielo y se la echó encima.

—*Dio! Che....!*

Ella no le hizo caso, lo agarró del pelo y le dijo:

—Escúchame —lo miró con desprecio—. Sé lo que has hecho y lo que estás tramando. Como intentes destrozar mi matrimonio o apartarme de mi hijo, ¡no cejaré hasta que todas tus mentiras y tus malévolos planes queden al descubierto! No te confundas conmigo, Guido. Es posible que creas que soy una persona tranquila y controlada. Pero si me tocan a la gente que quiero, ¡puedo ser una pantera! ¡Y no tendré compasión contigo si te entrometes en mi relación con Dante y con Carlo!

Guido la miró con desprecio y ella supo que estaba frente a un enemigo terrible.

—O sea, que me declaras la guerra. Me pregunto quién ganará. Puedo aplastarte si quiero...

—Basura.

Temblando, Miranda se marchó violentamente.

Tendría que cuidar sus espaldas. Y llegar a Como lo antes posible para hacerse la prueba de embarazo.

Capítulo once

CONTRARIAMENTE a los deseos de Miranda, Dante decidió acompañarla a Como. —¡Pero no creo que te apetezca acompañarme a ir de compras! —había protestado durante el desayuno. Dante no la miró, y siguió poniendo mantequilla a su tostada.

—Quiero presentarte al personal de los molinos de seda que hay allí —dijo él con una firmeza que no admitía discusión—. Me han preguntado por ti, y quieren conocerte. Sería descortés no ir a verlos —luego tomó un bocado y se limpió con la servilleta. Ayudó a Carlo a terminar su fruta.

Miranda miró a Dante con tristeza. Habían hecho el amor la noche anterior. Pero había sido diferente. Menos tierno, más... desesperado.

Ella se sentía pendiente de un hilo. Guido debía de haber intentado persuadir a Dante de que no valía la pena seguir con ella.

—A mí también me apetece conocerlos —dijo ella, esperando encontrar el momento de escaparse a la farmacia.

Cuanta más gente la conociera y viera que

185

ella era una persona legal, más se convencería Dante.

Miranda se inclinó hacia delante y le tocó la mano. Él se sobresaltó y la apartó. Herida por su rechazo, apretó los dientes e intentó no sentir pánico.

—Quiero conocer a todos tus amigos. Y quiero que tú veas nuevamente a los míos. Te cayeron bien, ¿no?

Algunos me conocen desde que íbamos juntos al colegio.

Dante la miró un momento.

—Te quieren mucho, por lo que recuerdo.

Y justo cuando ella iba a decir que por algo sería, Carlo pidió su atención.

Durante el viaje a Como, Miranda habló sobre temas intrascendentes. Dante no hizo más que contestar con monosílabos.

Cuando llegaron al molino, los empleados la saludaron afectuosamente y la llevaron a conocer la fábrica.

—Y, como sabe, vendemos nuestra seda a las casas de moda más prestigiosas de Europa. Mire esto... —el jefe de ventas le mostró una revista con modelos luciendo creaciones de seda Severini.

—Maravilloso —exclamó Miranda con admiración—. Al parecer, no le ha sido difícil adaptarse a la forma de llevar el negocio de mi marido, después de haber estado con el conde Amadeo Severini tanto tiempo.

—¿Difícil? Estamos encantados. Amadeo era como un padre para nosotros. Pero nos alegramos de que su marido se haya hecho cargo de la empresa. Lo conocemos desde hace años y es como un hermano para nosotros.

Ella sonrió.

—¿Y Guido?

Quería saber lo que pensaba esa gente de Guido.

El jefe de ventas frunció el ceño y cambió de tema.

—Creo que podríamos ir pensando en el almuerzo, ¿no cree, *contessa*?

Miranda asintió y dijo, leyendo los ojos del hombre:

—Es usted leal y tiene mucho tacto.

El hombre besó la mano de Miranda y respondió:

—Es un honor conocerla, *contessa*.

Miranda alzó la mirada en el momento en que aparecía Dante por la puerta. Miró pensativo a Miranda y a su empleado.

—Los has impresionado —dijo Dante cuando estaban caminando desde el aparcamiento a la plaza de la catedral—. Has hecho preguntas interesantes. Gracias.

—Es que me interesa. Es un negocio fascinante.

Dante siguió con actitud formal y cortés toda la comida. Luego insistió en acompañarla a las boutiques para que comprase ropa de fiesta. Por lo tanto, ella no tuvo oportunidad de escaparse.

Volvieron tarde a casa. Las vistas eran maravillosas, y los pueblos elegantes y coloridos. Pero ella estaba decepcionada. El cielo se estaba oscureciendo. Igual que Dante. Había cambiado desde que habían tenido la charla. Estaba poco comunicativo, distante... hasta el punto de evitarla.

A medida que pasaban los días, estaba más distante. Excepto en la cama. Seguían durmiendo juntos y haciendo el amor. Aunque sus relaciones eran frenéticas, sin la profundidad y el afecto que las caracterizaba antes.

Por las mañanas parecía enfadado; y durante sus pesadillas, ya no acudía a su lado para consolarla. Ella no sabía qué hacer, más que esperar y controlar sus sentimientos.

Si Dante iba a rechazarla, sería mejor defenderse de sus propias emociones. No quería hacerlo, pero tampoco quería que la hiriesen. Tenía que sobrevivir.

—¿Y Dante?

Era tarde por la noche. Miranda le estaba leyendo un cuento a Carlo. Alzó la vista y se encontró con Guido.

—Está trabajando.

Guido se rió como si escondiera un secreto. Miranda sintió repulsión. Guido se acercó a ella. Primero hizo cosquillas a Carlo, que se revolvió y se agarró fuertemente a ella.

Horrorizada, Miranda vio cómo Guido metía descaradamente un dedo por debajo de su escote con la clara intención de tocarle el pecho. Ella tardó un momento en reaccionar y quitarle la mano de allí. Entonces le agarró la muñeca y lo empujó.

En ese momento Guido estaba mirando hacia la puerta, donde Dante, petrificado, los estaba mirando con ferocidad. Luego se dio la vuelta y se marchó sin decir una palabra.

De no haber sido porque estaba acunando a su hijo, Miranda le hubiera dado un bofetón a Guido. Pero no pudo hacer nada.

—¡Vete de aquí! —gritó.

—¿Por qué no llegamos a un trato? —propuso Guido.

—¡Los Severini y sus tratos! —exclamó entre dientes Miranda—. ¡Estás arruinando mi matrimonio!

—Creo que tendré que hacer algo, antes de que me pidan que me vaya.

—¿Qué quieres decir con eso?

—Ya lo verás.

La puerta se cerró suavemente. Miranda agarró con fuerza a su hijo. Su mente no dejaba de trabajar.

Desde que había llegado, Guido había estado intentando manosearla, y luego cuando aparecía Dante fingía sentirse culpable. Ella sabía lo que estaba haciendo. Quería provocar más dudas en Dante. Y al parecer, lo estaba logrando.

Después de llevar a su hijo a la cama, fue en busca de Dante. Lo encontró afuera, en la terraza, mirando la luna.

Antes de que pudiera hablarle, Dante comenzó a caminar a través del jardín. Ella lo siguió hasta que llegó a un templete que había junto al lago y se apoyó en una de sus columnas.

Era un sitio muy tranquilo. Estaba iluminado por las luces de las mansiones que se reflejaban en el lago. Era tan hermoso que ella se emocionó.

—Dante...

—He venido aquí para estar solo.

—Y yo he venido aquí detrás de ti para pedirte algo —se acercó más a él—. Echa a Guido de aquí —le rogó—. Me está molestando y no me gusta.

Dante la miró de lado.

—A mí me ha dado otra impresión.

Miranda frunció el ceño.

—Tú crees que yo lo he provocado —dijo ella.

—Me lo acaba de explicar. Le estaba haciendo cosquillas a Carlo y tú le agarraste la mano...

—¡No! —gritó, horrorizada—. ¡No ha sido así! ¡Yo le quité la mano!

—¡Basta! —le dio la espalda bruscamente—. Se ha estado quejando de ti desde que ha llegado. Tú... —hizo una pausa. El ambiente estaba cargado de tensión y Miranda no podía hablar de tristeza—. Quiero que te vayas a tu habitación.

Hizo un esfuerzo y respondió:

—¿Por qué, Dante?

Él la miró con desprecio.

—Es extraño que no te confundas de nombre.

Ella se llevó la mano al pecho.

—¿Qué estás diciendo?

Él se acercó a ella y la miró, con ojos de fuego.

—Muy trágica. Muy hermosa. Hasta pareces vulnerable e inocente. Días atrás te habría hecho el amor si te hubieras puesto así.

Ella tragó saliva. Dante ya no sentía deseo ni afecto. Sólo rabia. Guido lo había puesto en contra de ella.

—Pero no ahora, claro... —dijo ella.

—No. No cuando murmuras el nombre de mi hermano en sueños —dijo, furioso, y se marchó.

—¡Oh, Dios! —susurró ella, petrificada.

Deseaba echarse a llorar en la hierba, pero luchó por controlarse.

Su hermana y sus amigos llegarían de un momento a otro para la fiesta, y ella tenía que comportarse como si no pasara nada, aunque su mundo se hubiera derrumbado.

Aquélla era la venganza de Guido. Hacer creer a Dante que ella había estado coqueteando con su propio hermano.

—¡Maldito seas, Guido! —exclamó, y empezó a volver a la casa.

Si alguna vez se decidía a contarle a Dante lo que había hecho su hermano, su marido pensaría que se lo estaba inventando, y que ella tenía la culpa de todo.

Si le decía que estaba embarazada, jamás le creería. Pensaría que era hijo de Guido. Y lo peor era que podría ser cierto.

Dante no creía en ella. Pensaba lo peor.

Se tapó la cara con las manos y exclamó, angustiada:

—¡Oh! ¿Cuándo sabré si estoy embarazada?

Ya no tendría tiempo para ir a Como al día siguiente. Tendría que estar con Lizzie y con sus amigos.

Con los ojos llenos de lágrimas, miró hacia el *palazzo*. Cualquiera hubiera pensado que tenía una vida envidiable. Pero toda su riqueza no era nada comparada con el amor de Dante y su confianza. Lo hubiera cambiado todo por esas dos cosas. Por el fin de su tormento. Lo único que quería era ser amada. ¿Era mucho pedir?

—¡Lizzie!

Desde que había llegado, su hermana no se separaba de Guido.

Era el día de la fiesta, y Dante y ella estaban haciendo los preparativos.

—¡Lizzie! —gritó Miranda, más desesperada.

Su hermana se apartó de Guido y fue a su lado.

—¿No es fantástico todo esto? Me alegro tanto por ti. Dime, ¿qué quieres, cariño? —le preguntó Lizzie, excitada.

—¡Mi vestido! —mintió Miranda, alzando la voz. No quería que Guido supiera el verdadero motivo por el que llamaba a su hermana—. Necesito tu opinión. Uno es brillante y glamuroso. El otro es elegante y sencillo.

—Debes de estar hecha un manojo de nervios —Lizzie agarró del brazo a su hermana y caminó con ella.

—Liz, tengo que decirte algo —le susurró Miranda—. No va a gustarte.

—¡Estás muy pálida! —exclamó Lizzie, preocupada—. Tienes algún problema...

—Espera a que estemos en mi habitación —contestó Miranda, deseosa de desahogarse—. Tengo mucho que contarte.

Sorprendentemente, Lizzie escuchó sin interrupción la historia de Miranda, de principio a fin.

Miranda estaba llorando cuando terminó.

—Sé que no me creerás. ¡Tú estás loca por Guido!

—¡Miranda, querida! —Lizzie la abrazó—. Es apuesto y tiene mucho dinero, y nos hemos besado una o dos veces, pero yo no estoy loca por él. Y cuanto más lo conozco, menos me gusta. Siento tanto lo que te ha sucedido. ¡Es terrible! ¡Si hubieras confiado en mí! Yo te admiro y te quiero mucho. Cuando tú dices una cosa, es que es cierta. Jamás mientes, lo sé.

—¡Me gustaría que Dante fuera tan leal como tú! —Miranda suspiró.

—Cariño, él es terriblemente celoso. Y para serte sincera, te sorprendió en un estado que debía de parecer una orgía. Y aún peor. ¡Has dicho el nombre de su hermano en sueños! Dudaría hasta un santo. Y él tiene una naturaleza apasionada. Está intentando encontrar sentido a lo que pasó. Y seguro que está tratando de aceptarlo. Ya verás como al final todo se arregla. Dante te quiere mucho.

—No me des falsas esperanzas. Lo dices porque...

—No. Él te ama. Créeme. No tiene ojos más que para ti. He observado cómo te miraba anoche. Quiere creerte, pero no debe de poder quitarse esa imagen de la mente.

Miranda se estremeció.

—¡Yo tampoco! ¡Y no sé qué hacer!

—Debes contarle por qué Guido está en tus sueños —le dijo Lizzie.

—¡No sé si puedo! ¡Adora a su hermano!

—¿Estás loca? —Lizzie la sacudió suavemente—. Es un desgraciado. Primero, contigo. ¡Luego lo intentó conmigo! ¡Te has acostumbrado demasiado a callarte! Es hora de que hables.

—Todavía no. Estamos demasiado sensibles los dos. Quizás cuando Guido se vaya.

Lizzie la abrazó.

—No te dejes abatir ahora. Lo amas demasiado para darte por vencida. Y él se dará cuenta de todo en algún momento.

—¿Y si estoy embarazada? —se estremeció.

—Es poco probable. Iré a comprar un test de embarazo a Bellagio y te lo traeré. Iré ahora. Tengo que comprar cosas en la farmacia de todos modos. He tenido una infección en el oído y tengo que tomar antibióticos un par de días más —puso cara de circunstancias—. Eso significa que no podré beber alcohol. ¡Oh! Y Guido dice que se irá a Londres después de la fiesta, así que Dante y tú tendréis tiempo de estar solos para arreglar vuestro matrimonio.

Sorprendida por la actitud comprensiva de Lizzie, Miranda sonrió.

—Gracias. Me has ayudado mucho —susurró Miranda.

Su hermana la volvió a abrazar.

—Gracias a ti por todos tus sacrificios. Te debo mi infancia entera, mi vida sin problemas. Ahora eres tú la que tiene un problema. Haré todo lo que pueda para que se arreglen las cosas.

Las hermanas se abrazaron con un sentimiento más profundo. Era curioso, pero a algo malo, siempre seguía algo bueno.

—Debo irme. Tengo que supervisar que todo esté bien para la fiesta —dijo Miranda con una sonrisa.

—Me parece bien. Tienes que tener la mente ocupada en otra cosa —le dijo Lizzie.

Tensa, pero determinada a ser optimista, Miranda arregló con Dante algunos problemas relativos al catering, y luego jugaron con Carlo.

Cuando el niño se fue a la cama, Miranda estaba cansada ya. La esperaba una noche de charla, sonrisas y representación teatral.

Eligió el vestido azul que había comprado con Dante y se lo puso. Le quedaba como un guante. Se miró por detrás. El escote le llegaba a la cintura. Era atrevido, pero a Dante le había gustado y a ella la hacía sentirse muy bien.

Se maquilló y se recogió el cabello, tomándose el trabajo de que su aspecto fuera a la vez elegante y sexy.

Se puso un par de sandalias y entró en las habitaciones de Dante.

Él estaba mirando por la ventana, vestido con un esmoquin. Ella se lo hubiera comido con los ojos, pero sólo dijo:

—¿Estoy bien?

Dante se dio la vuelta lentamente. Ella lo vio tensar la mandíbula y tragar saliva. Pero no hubo nada más que le indicase que le parecía una mujer deseable.

—Perfecta —contestó—. Pero esa cadena de plata, no.

Turbada, Miranda agarró la cadena. Él fue a buscar un joyero y lo abrió. Ella exclamó:

—¡Dante!

—Eran de la madre de mi tío. Póntelas.

Con manos temblorosas, ella agarró los pendientes de diamantes con una flor de zafiro en el centro y se los puso. El collar de diamantes parecía frágil, formado con flores de diamantes en cuyo centro había un zafiro.

—¡Es precioso! —exclamó.

Después de verla durante unos minutos intentar abrochárselo, Dante se acercó y se lo abrochó. Miranda se estremeció al sentir sus dedos. Miró al espejo y sintió una punzada de amor por el hombre moreno que estaba detrás de ella.

—Es hora de que bajemos, Miranda...

—¿Sí? —su voz se alzó con esperanza.

—Debemos mostrarnos afectuosos en público. Perono te imagines, ni por un segundo, que lo que digo o hago es sincero.

—Siento que no confíes en mí —contestó ella.

—¿Cómo quieres que lo haga? Bastaba con buena voluntad, pensó ella. Respiró con dignidad y dijo: —¿Bajamos?

—Para ti no significa nada nuestro matrimonio, ¿no? —le reprochó Dante—. Nuestro matrimonio se ha malogrado. La felicidad de nuestro hijo está amenazada, y tú me has condenado a vivir con una prostituta embustera...

—Nuestros invitados llegarán de un momento a otro —le recordó ella, controlando el temblor de sus manos. El dolor la estaba mareando—. Tenemos que estar listos cuando lleguen.

Estaba al borde de las lágrimas, pero no quería mostrarse triste delante de sus amigos.

—Por supuesto —contestó él.

Bruscamente, Dante le dio la mano.

—Te amo —insistió ella.

Él la miró con rabia y desprecio. Ella sintió el puñal de su mirada, pero insistió con ternura:

—Un día sabrás que es cierto. Espero que sea pronto, porque tengo roto el corazón —tenía los ojos nublados de lágrimas—. Vamos —agregó.

Y se marcharon hacia el sonido de la música. Y ella se preguntó cómo haría para aguantar las cinco o seis horas que tenía por delante.

Capítulo doce

EL CARIÑO y amistad de los invitados fue lo que la hizo superar aquella situación. La llenaron de halagos y buenos augurios, y ella se sorprendió de ver que, pese a todo, estaba pasándolo bien.

Hasta el primer baile.

Miranda estaba charlando con Matteo y algunos compañeros de negocios de Dante, cuando vio que éste se acercaba a ella. Estaba irresistiblemente atractivo.

Dante extendió su mano hacia ella y dijo:

—Lo siento, caballeros, pero vengo a llevarme a mi esposa. Vamos a empezar el baile.

Miranda le agarró la mano con dedos temblorosos, y de pronto se vio en sus brazos, girando y girando en una espiral que la hizo sentirse en el aire, tanto por el movimiento como por la cercanía de Dante.

—Tienes que hablar conmigo —dijo él. No parecía muy contento de tenerla en sus brazos, pensó Miranda. —Me encanta bailar contigo —fue lo primero que se le ocurrió decir a ella.

Aquella confesión la debilitó un poco.

Sentía el calor de la mano de Dante en su espalda, presionando, penetrando en su cuerpo.

—Sí —murmuró Dante—. No puedo negar que te deseo. ¡Maldigo la hora en que naciste! Cualquier hombre te desearía, con el aspecto que tienes hoy. Eres la tentación hecha persona; el arquetipo de mujer de hielo a quien cualquier hombre querría descubrir por dentro.

Ella se volvió a sentir un objeto sexual para él.

—No me interesa tener sólo sexo contigo —protestó.

—Tendrás que conformarte con eso. No estoy dispuesto a darte más —Dante le hizo cosquillas en la oreja con su voz y ella se estremeció. Le encantaba—. Me estás matando lentamente, ¿sabes? Cada vez que te toco... y al parecer, no puedo abstenerme, pienso en que otro hombre te ha abrazado, te ha besado, te ha oído gemir...

—¡Oh, Dante! Lo siento —balbuceó Miranda.

Dante hundió la cara en su cuello, pronunciando desgarradas frases en italiano.

Miranda sintió frío en la espalda. Y entonces descubrió que, bailando, se habían ido a la terraza de fuera. Notó que Dante se había puesto rígido. Y al seguir la dirección de su mirada, descubrió a Guido en el jardín que había abajo.

Miranda se llevó la mano a la boca. Lizzie estaba en brazos de Guido, echándose atrás, intentando evitar que la besara.

De pronto, antes de que Dante y Miranda pudieran reaccionar, Lizzie logró liberar una mano y le dio una bofetada a Guido.

Lizzie se soltó, agarró las faldas de su vestido, y diciendo algo aparentemente insultante, subió enérgicamente los anchos escalones, en dirección al salón de baile.

—¡Lizzie! ¡Cariño! —preocupada, Miranda se dirigió a su hermana cuando ésta apareció—. ¿Estás bien?

Lizzie asintió. Guido alzó la vista hacia ellos con rencor.

—¡Me siento bien después de darle un bofetón! —Lizzie se estaba mirando el brazo, enrojecido en la zona donde Guido la había agarrado fuertemente—. Y... —miró la cara seria de Dante—... no creo que haya sido yo quien provocó a tu hermano. Seguramente tú te inclinas a pensar que yo soy la culpable de la escena. Pero, ya es hora de que le pidas a la gente su sincera opinión sobre tu hermano...

—¡Lizzie, por favor! —empezó a decir Miranda nerviosamente, temiendo las consecuencias de las palabras de su hermana.

—No, hay que hablar de esto de una vez —dijo Lizzie—. Pregúntale su opinión a las mujeres de la oficina donde trabaja, Dante. Y a los hombres. Es un mentiroso. Y un sobón con las mujeres. Deja de proteger a tu hermanito y empieza a reconocer la verdad de una vez por todas. Pregúntate sinceramente en quién debes confiar, si en tu esposa o en tu hermano. ¡Haz caso a tus instintos, idiota!

Dante sintió como si a él también le hubieran dado un bofetón. Era cierto que le había chocado ver a su hermano tratando a Lizzie tan groseramente. De pronto recordó las acusaciones de las mujeres con las que había salido Guido.

Y por primera vez, aunque al principio había descartado la idea por ridícula, se preguntó si no habría sido su hermano quien había emborrachado a Miranda aquella terrible noche. Su hermano había estado asustado... Y había tenido una actitud sospechosa...

Pero estaba seguro de que Guido no habría podido dar alcohol a Miranda si ella no hubiera querido. Y ella había sido tonta por beberse una botella entera de champán en su dormitorio sin medir las consecuencias.

Apretó la mandíbula y se llevó la mano a la frente, intentando no seguir con ese pensamiento. Pero las imágenes de Miranda debajo de su hermano, volvían una y otra vez a su mente. Eso habría explicado la tensión que había notado entre ambos. Y el motivo por el que ella lo nombraba en sueños.

Era como si le estuvieran revolviendo las entrañas con un cuchillo. Se sentía como si a él mismo lo hubieran violado.

Contuvo un gemido. Miranda insistía en que lo amaba. Pero Guido decía que afirmaba eso porque él era el que tenía el título y la riqueza. Él había creído ver amor en sus ojos. Pero podía haberse engañado a sí mismo. Muchos hombres caían en las garras de mujeres interesadas en el dinero.

No podía culparla. Había tenido una vida muy dura. Era normal que quisiera un hombre rico que cuidara de ella y poder cambiar su suerte.

Tal vez fuera culpa suya por descuidarla aquellos días en que había ido a visitar a su tío enfermo. Había estado muy estresado tratando de dirigir su negocio y de dedicar a su tío el poco tiempo que le quedaba.

En aquel período, ella había estado distante y más reservada que nunca con él. Guido le había explicado que el motivo era que Miranda había estado saliendo con otros hombres a sus espaldas. Y uno de ellos había sido su hermano, al parecer.

Él había estado pasando por un mal momento, debido a la débil salud de su tío, y no había querido que le hicieran daño. Así que, había intentado tener una relación amable y fría con ella.

Tal vez su hermano había estado preparándolo para el momento en que se enterase de que él era uno de esos «otros hombres».

—¡Dante! —exclamó Lizzie, y le sacudió levemente el brazo—. ¿Qué ocurre? Tienes que abrir los ojos y ver qué clase de persona es tu hermano. ¡No voy a quedarme cruzada de brazos viendo cómo arruinas la vida de mi hermana por unos celos estúpidos! Ella sacrificó su infancia por mí —siguió vehementemente—. ¡Es una persona generosa y cariñosa, y se merece algo mejor de ti! Toda su vida ha tenido que ocultar sus sentimientos para no hurgar en sus heridas. Estás estropeándolo todo. La estás forzando a volver a meterse para dentro, ¡porque le da miedo amarte tanto y sentirse rechazada!

Dante pestañeó, sobresaltado por la explosión de Lizzie. Era leal y la admiraba por ello. Pero él aún no podía olvidar las imágenes que poblaban su mente, de Miranda con su amante. Lo torturaban.

Miró la enrojecida cara de Lizzie, y sospechó algo.

—¿Estás borracha?

—¡Ojalá lo estuviera!

Miranda rodeó los hombros de su hermana y dijo:

—Lizzie ha estado bebiendo zumo de naranja toda la noche. Está tomando antibióticos —explicó—. Su actitud se debe simplemente a indignación de hermana.

Dante miró a Miranda. Su belleza lo sobrecogió. Y algo cambió en su interior.

No podía seguir así. Tenía que aclarar todo aquello en aquel mismo momento. Tenía que saber todo lo que había sucedido aquella noche y hacer que Guido le explicase su extraña actitud. Y luego… le tocaría a Miranda. Tenía que saber por qué nombraba en sueños a su hermano.

Sin decir una palabra, se dio la vuelta y salió en busca de Guido.

Miranda lo observó marcharse. Suspiró y dijo:

—Gracias por tu apoyo. No creo que sea capaz de enfrentarse a la verdad. No sé qué hacer. ¡Esto es un lío!

Lizzie le dio palmaditas en el hombro.

—Dante recapacitará. Tengo que reconocer que me ha encantado darle un bofetón a Guido. Se lo he dado tanto por ti como por mí. ¡Oh! Casi se me olvidaba. Tengo la prueba de embarazo aquí —miró alrededor, vio que no las estaban mirando y la sacó de su bolso.

Miranda tragó saliva.

—¡No… no puedo hacérmela! —exclamó, presa del pánico.

—Sí que puedes. Yo te acompañaré. ¿Hay algún modo de ir rápidamente a tu dormitorio?

Miranda asintió, nerviosa. Ayudada por la determinación de Lizzie, llevó a su hermana a la parte trasera

de la casa, y la hizo subir por las escaleras de servicio.

—¡Estoy tan asustada! —exclamó.

—Venga, valiente, hazlo. Así te quedarás tranquila —le dijo Lizzie, y la abrazó. Luego entraron en la habitación—. Y date prisa.

Leyó las instrucciones e hizo la prueba. Luego esperó para saber el resultado.

Su vida dependía de aquello. Su futuro con Carlo y Dante.

De pronto miró hacia abajo y exclamó, horrorizada:

—¡Positivo!

Lizzie la miró cariñosamente.

—¿Qué vas a hacer?

—Lo que siempre he hecho. Tirar para adelante.

Dante empezó a buscar a su hermano. Se había esfumado. Pero no pararía hasta encontrarlo, donde fuera.

Después de media hora infructuosa, volvió al salón con los invitados. Charló de cosas sin importancia, intentando disimular lo que le estaba pasando.

—¡Dante! Te felicito. Tu esposa es un encanto. Bellagio no deja de hablar de ella.

—Sí, sí —dijo él, sin prestar demasiada atención a la persona que se lo estaba diciendo.

Luego vio a Miranda bajando las escaleras. Le dio un vuelco el corazón como de costumbre. ¡Ojalá pudiera....! Detrás bajaba Lizzie.

Miranda parecía estar en su mundo, alejada de todo lo que la rodeaba. Era como un cisne en un estanque. Hermosa, frágil, delgada, pero sinuosa, increíblemente sexy e inalcanzable a la vez. La hubiera devorado.

Un hombre se acercó a ella, galantemente. Miranda reaccionó con cortesía, pero manteniendo las distancias.

Dante hizo un esfuerzo, y prestó atención a la conversación de varias personas que se acercaron a él, y que bromearon diciéndole que no quitaba los ojos de su esposa.

Y era verdad. Porque había algo de otro mundo en ella.

—Sí. Soy muy afortunado. La amo con todo mi corazón —le respondió al invitado;

y sabía que era verdad.

La consciencia de aquel sentimiento había sido un golpe para él.

—No te quita los ojos de encima —dijo alguien.

Dante y Miranda se miraron un momento. Ella parecía preocupada. Dante le sonrió, y la vio estremecerse.

Y entonces se dio cuenta de que lo que había sucedido ya no importaba. Él la amaba y ella decía sentir lo mismo, y tenía que creerle. Y eso era lo que importaba. Tenía que concentrarse en eso. Tratar de arreglar su matrimonio. Su amor hacia ella era lo suficientemente fuerte como para superarlo todo.

Con expresión radiante, Dante se excusó con los invitados y fue hacia ella.

—*Permesso...* —dijo—. Voy a decírselo a ella ahora mismo.

Miranda parecía estar esperando, con los ojos brillantes de lágrimas o de felicidad.

De pronto, vio a Guido en el salón, mirando para todas partes como si estuviera buscando a alguien. Cuando volvió a mirar a Miranda, la vio rodeada de gente, aparentemente conversando.

Hablaría con Guido primero.

Fue en dirección a su hermano, que estaba de pie a la izquierda, al lado de una columna, como si se estuviera escondiendo.

Dante frunció el ceño y se detuvo, mientras observaba a Guido vaciar un sobrecito con polvos en un vaso de zumo de naranja, que había en una mesa pequeña.

Una mano de mujer agarró el vaso, pero Dante no pudo ver quién era porque la tapaba la columna. Pero el vestido morado y naranja no inducía a error. Dante dejó escapar un gemido. Guido había puesto algo en la bebida de Lizzie. Se le hizo un nudo en el estómago. Porque ahora todo empezaba a encajar. Sabía lo que estaba sucediendo. No quería creerlo, pero era evidente.

En estado de shock, fue en dirección a su cuñada. El vaso vacío estaba en la mesa, y él hubiera gritado de desesperación, pero se reprimió. Aquello era demasiado vergonzoso para hacerlo público. Lamentablemente, no pudo ver más porque el salón estaba lleno de gente.

Su cerebro parecía que iba a explotar al darse cuenta de lo sucedido mientras se dirigía a Lizzie, que estaba al margen de lo que le habían hecho.

—¡Dante! ¡Tienes un aspecto horrible! ¿Qué sucede?

Se dio la vuelta al oír la voz de Miranda.

—Lizzie. Creo que tiene un terrible problema.

Miranda siguió la mirada de Dante y vio a Lizzie tambaleándose en dirección a los brazos de Guido.

—¡No comprendo! ¡No puede estar borracha! —gritó, intentando abrirse paso junto a Dante por entre la multitud en dirección a su hermana.

—Creo que está drogada —dijo Dante, mientras veía que su hermano ponía los brazos de Lizzie alrededor de los suyos y la llevaba fuera de la habitación.

Miranda se puso blanca.

—¿Dante? ¡No…!

—Me temo que sí —respondió temblorosamente, sin poder creer la malicia de su hermano.

Cuando por fin pudieron librarse de la multitud, Miranda y Dante empezaron a correr. Dante pidió una ambulancia.

—¡Guido! —gritó Miranda.

Guido, ya en el vestíbulo, se dio la vuelta, y los miró con odio.

—No pasa nada. Yo me ocuparé de ella —dijo Guido rápidamente—. Está borracha. La subiré a su habitación. Volved con vuestros invitados. ¿Estás bien, Liz?

—Bien… Bien… —Lizzie alzó la cara colorada hacia Guido. Tenía los ojos en un punto fijo, y las piernas totalmente relajadas.

—¿Cuántas copas has bebido? —preguntó Guido—. ¡Qué lagarta! ¿No sabe que no está bien emborracharse en público?

Dante tragó saliva. No podía aguantarlo. No podía creer la naturalidad con que mentía su hermano.

—No está borracha —dijo—. Ha estado enferma. Y ha bebido zumo de naranja toda la noche, porque está tomando antibióticos. He pedido una ambulancia. De momento, la llevaremos a la biblioteca.

Guido pareció alarmado.

Cuando pusieron a Lizzie en el sofá de la biblioteca, Dante no aguantó más y se enfrentó a su hermano. Antes de que él supiera qué estaba haciendo, Dante metió la mano en el bolsillo de la chaqueta de su hermano y sacó un sobre con polvos.

Al ver la etiqueta, miró a Guido con desprecio y furia.

—Tenía razón. ¡Eres un asqueroso pervertido! Ésta es la droga que usas para violar, ¿no? —gritó.

Guido se echó atrás.

Dante se movió amenazadoramente hacia su hermano, que parecía aterrorizado.

Toda la habitación retumbó con sus palabras.

Miranda corrió al lado de su hermana y le tomó el pulso.

—¿Estás bien, Lizzie? —le preguntó Dante, amablemente—. ¿Puedes ocuparte de Lizzie? —le preguntó a Miranda—. Tengo que hacer algo.

—Estoy bien. Puedo ocuparme de ella. Tú ocúpate de Guido. Quítalo de nuestra vista.

Mientras Miranda tranquilizaba a su hermana, Dante empezó a interrogar a Guido en italiano. Guido respondía. Como no comprendía nada de lo que se decía, Miranda se concentró en su hermana.

—¡Las mujeres no pueden estar seguras contigo! —oyó decir a Dante.

—¡Ha sido algo excepcional! —protestó Guido desesperadamente—. ¡Son dos mujeres que te adoran!

—¡Y todas las otras a las que has tratado mal en todos estos años! ¿Qué pasa si otra mujer te rechaza? ¿Piensas conseguir lo que quieres y que ella se fastidie? Sabes que no puedo consentir esto, ¡Dios mío! ¿No te das cuenta de lo que has hecho? Has arruinado la vida de Miranda. La mía. La de Carlo. Nuestro matrimonio. Eres mi hermano. Sangre de mi sangre. Y soy responsable de ti, pero, haré lo que debo hacer. Ven conmigo. Has llegado demasiado lejos. Ya no puedes seguir ocultando la suciedad debajo de la alfombra.

Dante agarró violentamente a Guido, sin

hacer caso a los ruegos de su hermano, y lo sacó de la habitación.

Temblando, Miranda le acarició la cara a Lizzie, y trató de tranquilizarla.

Después de un rato, Dante volvió. Se arrodilló a su lado.

—¿Dónde está Guido? —le preguntó Miranda.

—Con Luca y el jardinero. He llamado a la policía. Quiero que esté entre rejas.

—¡Dante!

Dante agitó la cabeza, como no queriendo enfrentarse a lo que había hecho.

—Lizzie… ¿Cómo se encuentra?

Ella sabía que le llevaría algún tiempo aceptar todo lo que había sucedido, y superar toda la humillación que significaba descubrir la verdad sobre su hermano.

—Su pulso está mejor que antes. Pero no veo la hora de que llegue la ambulancia. Tranquila, cariño —le susurró a su hermana—. Yo estoy aquí.

—No te oye —le dijo Dante—. ¿No ves que está inconsciente?

La pesadilla volvió a su mente. Recordó cómo se había sentido ella. Y lo miró.

—¡Te equivocas! ¡Puede oírme! —gritó—. ¡Lo sé! ¡Lo recuerdo perfectamente!

—Sí. Lo creo. Finalmente, he hecho confesar a Guido que te echó droga en la bebida. Sé que nada de lo que ocurrió fue culpa tuya.

Los ojos se le llenaron de lágrimas. Dante lo sabía todo ahora. Sabía que ella no había sido responsable de lo sucedido, pero eso no cambiaba el hecho de que hubiese sido violada. Porque podría estar embarazada de su violador...

—Miranda... —dijo Dante.

Miranda lo acalló con un dedo en la boca. No podía soportar dos crisis a la vez.

—Ahora no. Mi hermana me necesita —se volvió a su hermana y la tranquilizó—: Lizzie, te pondrás bien. Es posible que tengas dolor de cabeza. Algo de náuseas. Pero no tendrás malos recuerdos. Porque estás a salvo. Yo estoy contigo. Duerme tranquila... duerme...

Cuando volvieron del hospital con Lizzie dormida, aunque pareciera incongruente, la fiesta seguía.

—¡Oh, no! No puedo volver a la fiesta —dijo Miranda.

—No tienes por qué hacerlo.

Apenas se hablaron. Subieron las escaleras en silencio. El corazón de Miranda estaba roto. Aquélla podía ser su última noche en la mansión.

—Lo siento —dijo Dante, abriendo la

puerta de su habitación.

Ella se preparó para desahogar sus emociones en la soledad de su dormitorio. Pero se dio cuenta de que él estaba a su lado.

—Sí. Sé lo que debes de sentir.

Se imaginaba lo que debía de ser para un hombre como él, que su hermano lo hubiera traicionado.

—No lo creo. Jamás podré perdonarme.

—¿Perdonarte a ti?

—Soy responsable de lo que ha pasado. No he querido ver la realidad. Le he creído a él en lugar de a otra gente, incluida tú. Jamás me perdonaré lo que te hemos hecho —dijo con voz temblorosa.

Ella hubiera querido abrazarlo, pero él estaba distante.

—Debes de odiar el apellido Severini.

—Guido... ¿te ha contado todo lo que sucedió?

—Todo —dijo Dante casi imperceptiblemente.

Pero aún no sabía lo peor. Que podía estar embarazada de su hermano. ¿Y cuando lo supiera...?

—No lo comprendo. ¿Por qué me hizo daño a mí? ¿Por qué a Lizzie?

El rostro de Dante se ensombreció.

—Lizzie lo rechazó. Así que quiso vengarse.

—¿Pero... hasta el extremo de...?

—Sus sentimientos eran extremos. Tu hermana tenía razón. Ha estado celoso de mí toda su vida. Me ha odiado desde que éramos pequeños. Lo que te hizo no fue nada... personal, según me ha dicho. Fue algo contra mí. Para hacerme daño.

«¡Nada personal!», pensó Miranda. ¡No podía haber nada más personal que lo que había hecho!

Pero se reprimió aquellas palabras.

—Comprendo —dijo.

Ella hubiera deseado acariciarlo, pero debía mantener las defensas, porque si no, se volvería loca cuando tuviera que alejarse de él debido a su embarazo.

—Guido me confesó que había querido arruinar mi matrimonio. Que se había inventado lo de tu infidelidad y que te había puesto droga en la bebida para violarte. Creyó que yo estaba en Italia todavía y que tenía tiempo para...

—¡Para violarme! —exclamó ella.

Sentía náuseas sólo de pensar en aquellas manos repugnantes...

¡Oh, Dios! ¿Qué iba a hacer?

—Ése era su plan. Pero quiero que sepas que no lo hizo —dijo él.

—¿Que sepa qué?

—¡Que no lo consiguió! ¡Yo lo interrumpí!

—¿Qué has dicho? —Miranda abrió los ojos desmesuradamente.

—Que no hizo lo que tenía planeado. Sé que es un mentiroso. Pero sabía que tenía que decirme toda la verdad. Claro que es posible que haya sido porque tenía las manos en su cuello en ese momento. Me dijo que cuando se enteró de lo cerca que estaba yo de la casa, sintió pánico, y que se dio prisa en vestirse. Sé que no mintió porque parecía sentir amargura por no haber podido llevar a cabo todo su plan. No te violó, Miranda.

—Yo... No sabía...

—Piénsalo. Intenta recordar cómo te sentiste luego.

No quería recordar, pero...

—Me sentí mareada. Y tenía heridas.

—La pesadilla. Recuérdala. ¿Dónde terminaba?

—Nunca he querido recordar hasta entonces —susurró Miranda.

—Debes hacerlo. Ahora, sólo esta vez. Y luego olvidarla.

Miranda cerró los ojos, y recordó todo hasta el final. Y vio a Guido encima de ella. No estaba totalmente desnudo, sólo sin los pantalones, y aunque estaba sobándola e intentando quitarse los calzoncillos...

Miranda se encogió de repulsión. Y abrió los ojos.

—Ahora lo recuerdo. Sacó su móvil y habló mientras estaba... Mientras se estaba quitando los pantalones. ¡Después se quitó de encima! ¡Oh, Dios! Creo que dice la verdad... Si es cierto...

—Lo es. Estoy seguro.

Aquello era una buena noticia. Entonces, ¿por qué no la abrazaba? Tal vez no quería estar casado con una mujer que había sido desnudada por su hermano y manoseada por él.

Así que, al final, lo había perdido.

Capítulo trece

AL PARECER, el amor de Dante no era lo suficientemente fuerte como para superar la repulsión de aquel episodio, pensó ella. Y los sentimientos no podían controlarse.

Intentó ser fuerte. Tenía que ayudar a Lizzie a recuperarse para que volviera a Inglaterra. Además, ella misma tenía que recoger sus cosas. Sus ojos se llenaron de lágrimas.

—Miranda —dijo Dante—. Me siento muy mal por esto. Os pido disculpas a ti y a Lizzie —se dio la vuelta—. Mi familia te ha deshonrado. Se debe proteger y cuidar a las mujeres. Lizzie y tú habéis sufrido el peor de los ataques bajo mi techo. Me siento responsable. No puedo olvidarlo. Me imagino cuánto me habrás despreciado por darte tantos dolores de cabeza... y tristeza. Por no creer en ti. Por no confiar en ti. Sólo puedo disculparme, pero sé que no es suficiente. Las cosas nunca más volverán a ser igual.

Respiró hondo.

—Me gustaría volver atrás en el tiempo, pero no puedo. Lo único que puedo hacer es asegurarme de que estás bien... He sido un estúpido. Por defender el orgullo de la familia no he sido capaz de ver los defectos de mi hermano. Pero ahora es tarde. Lo sé. Han sucedido demasiadas cosas y jamás volverá a ser igual entre nosotros. Me doy cuenta de ello. No soy tonto.

Ella lo miró, asombrada. Tal vez Dante no se acercase a ella porque se sentía culpable, y ella había malinterpretado su actitud.

—¡Oh, Dante! —susurró—. Dante... —le dijo ella con amor.

—¡No me merezco que me hables así! ¡No te imaginas lo mal que me siento por mi comportamiento!

—Sí me lo imagino —dijo ella suavemente.

Tal vez Dante también deseara tomarla en sus brazos.

No tenía nada que perder, y mucho que ganar. Así que se acercó lentamente y puso las manos en su pecho.

—¡No te acerques a mí! Vete... Mi abogado...

—Dante...

Dante estaba temblando.

—Dante —murmuró otra vez—. Fue Guido quien intentó deshonrarme. Y no pudo. No es culpa tuya. No eres responsable de sus actos.

—Lo soy. Ése es el problema. Que no

he podido encauzarlo. No presté atención a las señales que indicaban que necesitaba alguien que lo guiase... Será castigado... Yo me encargaré de ello... Se hará público... No lo aceptará nadie en la empresa. Cuando termine de cumplir la sentencia, tendrá que marcharse al extranjero... Pero puedes estar segura de que estaré al tanto de lo que hace. Ninguna mujer volverá a pasar por lo que pasaste tú. ¡No puedo creer que tenga a semejante monstruo por hermano!

—Es de tu sangre. Pero va a su aire. Pero tú, ¿qué piensas hacer?

—No sé. Supongo que refugiarme en el trabajo. Puedes quedarte con la casa. Y con Carlo, por supuesto. Me gustaría verlo de vez en cuando... —continuó, angustiado—. Pero no te molestaré. Buscaré algo en Como para vivir. Tú... No te faltará nada. Tendrás todo lo que quieras...

No podía verlo sufrir de aquel modo.

—Pero eso no es lo que desea mi corazón, ni el tuyo —dijo Miranda, mirándolo a los ojos.

—Yo no merezco tener todo lo que deseo.

—Pero si tú eres una víctima inocente, como yo... —dijo ella.

—¡Por favor! ¡No he confiado en ti! ¡Te he rechazado!

—Tenías razones para hacerlo, en apariencia...

—Si me hubiera detenido a pensar un solo momento... —se pasó la mano por el cabello—. Por culpa de mi estupidez te he causado un dolor terrible... Ahora soy yo quien debe sufrir el infierno...

—Sería una pena, cuando podrías estar en el paraíso —Miranda se apretó contra él.

Dante gruñó, y como si no pudiera evitarlo, la abrazó.

—¡Miranda! ¡No me tortures de este modo! No sabes lo que...

—Sí lo sé —se puso de puntillas y lo besó. Luego le dijo—: Estoy tratando de decirte algo, pero estás muy sordo para darte cuenta. Te amo. Tú me amas. ¿Cuál es el problema?

—Que no es posible. Después de lo que ha sucedido.

—Dante, tú eres un hombre leal y cariñoso. Toda tu vida te has ocupado de tu hermano, como yo me he ocupado de Lizzie. Sé cómo te sientes. Crees que los defectos de tu hermano son un reflejo de tu relación con él. Yo siento lo mismo con Lizzie. Pero ambos son adultos. Y son responsables de sus actos. Es posible que nosotros hayamos cometido errores con ellos. Que los hayamos consentido demasiado... Pero ellos son los responsables de su destino. Tú no tienes la culpa de haber sido más popular que él, ni de que te hayan querido más que a él... Para ti también ha sido un infierno esto. Y yo no voy a permitir que Guido consiga su objetivo.

—¿Su objetivo? —preguntó Dante.

—Él quería separarnos. Pero nosotros no debemos dejar que lo logre. Porque nuestro amor es indestructible, ¿no lo comprendes? Tú lo eres todo para mí. Y no voy a dejar que te vayas. La pesadilla ha terminado, Dante.

Cerremos esa puerta y abramos una a la luz de nuestro futuro. Juntos.

Hubo un largo silencio, mientras él miraba sus ojos implorantes.

—Yo... —Dante no podía hablar.

—¡Oh, por Dios! ¡Bésame, tonto!

Dante cerró los ojos. Y con un gemido, la besó.

Ella suspiró de felicidad.

—Pero... —dijo cuando dejó de besarla.

—¡No quiero «peros»! —Miranda tiró de él para volver a besarlo.

—¡Amor mío! —exclamó—. ¡No puedo creer que me perdones!

—¿Perdonar? Cualquiera en tu lugar hubiera hecho lo mismo...

—¡Miranda! ¡No puedo creerlo! ¡Es más de lo que podía imaginar! ¡Tenerte a ti y a Carlo otra vez! ¡Te amo tanto! ¡Siempre te he amado! ¡Eres mi luz! ¡Mi alma! ¡Mi razón de vivir!

—¡Eres un encanto! Es lo mismo que siento yo —susurró ella.

Dante la besó apasionadamente.

—¡Eres increíble, Miranda! ¡Me siento el hombre más afortunado del mundo! ¡Seremos felices nuevamente! ¡Una verdadera familia!

Dante sonrió, radiante.

—¡Tenemos un futuro maravilloso juntos! —exclamó ella.

—Se me ocurre una idea: ¿Por qué no nos casamos nuevamente en Bellagio?

Miranda sonrió, feliz.

—¿Con lazos... y banderas y fotos al lado del lago?

—Lo que tú quieras, amor mío —la miró, fascinado—. Seremos muy felices, los tres...

—¡Oh! —ella gimió de repente.

—¡Cariño! ¿Qué sucede? ¿Te has hecho daño? ¿Qué sucede?

¿Cómo había podido olvidarse?, se preguntó ella.

—¡Miranda! Dime, ¿de qué se trata? —preguntó él, preocupado.

—¡He sido una tonta! Acabo de darme cuenta...

—¿De qué? Miranda, no me digas que no te quedarás conmi...

—No, relájate. Es algo maravilloso. Algo que te hará muy feliz.

—¿Qué? No comprendo. Ella sonrió y lo besó hasta que Dante se tranquilizó. ¿Cómo había podido olvidarse de algo tan importante?

—Tengo que darte una maravillosa noticia —dijo ella—. La mejor noticia del mundo —se tocó el vientre.

Dante la miró.

—No... ¿No querrás decir que...?

—Sí —susurró Miranda—. Estoy embarazada. Serás padre otra vez y Carlo tendrá un hermanito o una hermanita. Dante dejó escapar un suspiro tembloroso.

—Una nueva vida... —le susurró al oído. Su amor se había fortalecido, y nada ni nadie los volvería a separar.

—Vamos a la cama —sugirió Dante.

—Vamos —contestó ella. Subieron a la habitación. Pasaron a ver a Carlo primero y al ver que dormía inocentemente, siguieron hacia el dormitorio de Dante, donde él la desvistió suavemente, con manos temblorosas.

Hicieron el amor tan intensa y tiernamente... Y durmieron profundamente, sabiendo que los esperaba toda una vida por delante, juntos.